KB168083

율의 시선

김민서
장편소설
율의
시선
창비

차례

프롤로그

중학교 졸업장은 허무할 정도로 가벼웠다. 시린 바람 한 번에 날아가 버린 종이를 보다가 고개를 들었다. 떠도는 구름 사이로 하늘이 보였다. 저 푸른 빛 너머에 있는 별은 그 애가 좋아하던 것이었다.

"W에서 한 뼘."

이 한마디를 주문처럼 기억하고 있다. 그 애는 손을 쭉 뻗어 막막한 하늘을 가리키며 그곳이 제집이라 했다. 자기는 이 별에 속하지 않은 사람이고, 먼 우주를 날아와 지금 이곳에 있는 거라고, 그건 너를 만나기 위함이었다고.

눈발이 날렸다. 새하얀 눈송이는 땅바닥에 내려앉자마자 그림자 속으로 스며들었다. 내 존재 속에 그 애라는 무게가 하나둘 떨어지듯 그렇게, 잊을 수 없는 자취를 남기듯이.

1부

만만하고 약한

강약약강. 강한 사람에게는 약하게, 약한 사람에게는 강하게. 그것이 내가 사는 방식이다. 사람들은 이런 삶의 방식이 비열하다고 비난한다. 정작 본인도 그렇게 살고 있으면서. 나는 그들보다는 솔직하다. 적어도 인정할 줄은 안다.

인간관계는 전략이라는 것이 나의 지론이다. 환한 미소로 속내를 숨기고 상대의 약점을 집요하게, 그리고 빠르게 파고든다. 친밀감을 유도한 후 우위를 점하고 '우리'라는 허울 좋은 말을 붙여 편을 가르면 끝. 그런 점에서 삶은 게임과 닮았다.

햇볕이 쨍쨍한 날이면 나는 교복을 벗어 던지고 같은 반 친구들과 PC방으로 뛰어 들어갔다. 주로 하는 게임은 FPS, 다른 말로는 1인칭 슈팅 게임. 2 대 2 시합에서 지는 쪽이 라면을 쏘는 게 우리들만의 룰이었다. 열다섯 살, 라면 하나에 자존심이 담겨 있는 나이였다. 한마디로 모두 게임에 필사적으로 달려들었단 말이다.

"죽여!"

김민우가 김동휘에게 소리쳤다. 이윽고 울리는 총성. 그러나 점멸된 것은 김동휘의 화면이었다.

"쏘라니까 지가 죽었네."

"손이 미끄러워서 실수한 거야."

"됐어, 쫄보야. 너 때문에 또 라면 쏘게 생겼네."

"사람이 실수할 수도 있지 되게 뭐라고 하네. 김민우 이 치사한 새끼."

YOU ARE DEAD. 김동휘가 툴툴거리며 총을 내려놨다. 물론 실제 총은 아니고, 모니터 속에 있는 총이었다. 이로써 2 대 1.

"실수가 반복되면 실력이라는 거 모르냐?"

김민우는 김동휘에게 핀잔하며 마우스를 움직였다. 붉은 점이 내 머리로 다가오는 것이 느껴졌다. 김민우의 총구가 나를 향하고 있었다. 하지만 나는 피하지 않았다. 그저 기다렸다.

김민우의 입가에 가느다란 미소가 감돌았다. 방심, 그게 김민우의 패착이었다.

탕! 가짜 총성이 헤드셋을 뚫고 골을 울렸다. 뒤에서 김민우를 정확하게 꿰뚫는 헤드 샷. 나와 서진욱의 화면에는 WIN이라는 글자가 금빛으로 번쩍거렸다. 뒤늦게 양동 작전에 당했음을 깨달은 김민우가 분한 듯 고개를 숙였다. 서진욱은 개운한 얼굴로 헤드셋을 내려놓았고, 나는 마우스에 붙어 있던 손을 떼고 기지개를 켰다. 승자는 몸이 가벼웠다. 지갑을 뒤적이며 음울히 가라앉은 패자들과는 딴판이었다. 서진욱이 내 어깨를 두드리며 말했다.

"좋은 미끼였어, 율아."

강자와 약자. 게임 한 판을 뛰고 난 후만큼 이 단어들이 극명하게 와닿는 때는 없었다. 교실에서는 보다 은밀하게 강자와 약자가 규정된다. 암묵적인 서열을 만듦으로써 말이다. 예를 들어 나를 포함한 이 네 명에 대해 얘기해 보자면,

"아이 씨, 김동휘, 생각 없이 뛰어들지 말고 머리를 쓰라고."

김민우는 공부를 잘하고 자존심이 세다. 집이 부유해서 종종 명품을 학교에 들고 와 자랑하기도 한다. 하지만 강한 자존심이 강한 자존감을 의미하는 것 같지는 않았다. 김민우는 하루라도 으스대지 못하면 손톱을 물어뜯었다.

"그러는 넌 머리를 잘 써서 헤드 샷 당했냐?"

김동휘는 수다스럽고 언변이 좋다. 우리 반의 모든 소문은 김동휘를 거쳤다. 좋게 말하면 분위기 메이커, 나쁘게 말하면 입이 싼 놈.

"떠들지 말고. 이제 시간 다 됐어. 나가야 돼."

그리고 서진욱. 게임도 잘하고 운동도 잘하고 공부도 잘하고. 중1 때 전학을 왔는데도 반에서 가장 인기가 많았다. 무엇 하나 남부러울 것 없는 애였다. 여기까지가 강자들의 이야기.

"가방 줘. 진욱이 너 짐도 많은데 좀 들어 줄게."

마지막으로 나, 안율. 네 명 중에서 가장 만만하고 약한 애. 하지만 그게 분하지는 않았다. 질투심 같은 것도 없다. 나는 그저 이 관계를 이용하기만 하면 된다.

"아, 안 그래도 되는데. 고맙다."

전원이 꺼진 모니터에 내 얼굴이 비쳤다. 만면에 미소가 번져 있다. 사람들은 자기에게 호의적인 사람을 좋아한다. 그 호의가, 지금 나의 미소가 꾸며 낸 것인지는 전혀 중요하지 않다. 호감은 그런 식으로 쉽게 얻을 수 있는 것이다.

기억하는 건, 발

인간을 수단이 아닌 목적으로 대하라.

칸트라는 유명한 철학자는 그렇게 말했다고 한다. 하지만 그 아저씨의 말은 틀렸다. 타인을 목적으로 대하면 호구가 된다. 현실적으로 타당한 말은 이거다.

인간을 수단이 아닌 목적으로 대하는 척하라.

겉으로는 목적으로 대하지만 결코 마음은 내주지 않는다. 인간은 어디까지나 수단이다. 친구도, 가족도, 나 자신조차도.

물먹은 솜처럼 축 늘어진 몸이 소파에 딱 달라붙어 움직이지 않았다. 입을 열면 더부룩한 배 속에서 매운 내가 올라왔다. 친구들의 허세와 가식을 라면과 함께 집어삼켜 버리는 건 아주 고역이었다. 집에 오자마자 털어 넣은 소화제도 별 효과가 없었다. 정신은 말짱한데 몸은 무겁다. 쓸데없는 몸뚱어리. 이럴 때마다 내 몸을 버리고 영혼 상태로 달아나 버리고 싶다.

고개를 젖혔다. 창밖의 하늘이 까맣다. 나는 힘겹게 몸을 일으켜 세우고 어기적거렸다. 창문을 여니 골목 풍경이 한눈에 들어왔다. 가로등이 깜빡이고, 거리를 오가는 사람의 정수리가 내려다보였다. 나는 바람을 맞으며 그들을 구경했다. 어떤 머리는 가운데가 휑하고, 어떤 머리는 염색으로 알록달록하고, 또 어떤 머리는 모자를 푹 눌러 쓰고 있었다. 그러나 대부분은 비슷했다. 검고 검은, 일률적이고 동질적인 모습들.

아무런 감흥도 느낄 수 없는 그 까만 정수리들을 보며 그날의 번뜩임과 이질감을 떠올렸다. 머리보다는 발, 누군가의 맨발이 지녔던 이질감을.

내 발을 내려다보았다. 매끄러운 방바닥 위 깨끗한 맨발. 상처 하나 없이 말끔한 살갗. 점점 그날의 기억이 선명해진다. 비에 젖은 아스팔트를 디딘, 잔상처가 가득했던 그 맨발. 그건 참으로 기이한 것이었다.

비정상. 그 말은 보통 나를 일컫는 말이었다. 거기에 담긴 의미는 다양하다. 위태롭고 예측할 수 없으며 동떨어진 것. 나는 지금껏 나와 같은 사람을 본 적 없었다. 예를 들어 나는 사람을 발로 인식한다. 나는 어릴 적부터 사람의 눈을 보는 게 싫었다. 새까만 동공 너머에 비치는 마음이 꺼림칙했다. 차라리 발이 낫지.

"사람과 대화할 땐 눈을 봐야지."

하지만 엄마는 늘 그렇게 나무랐다. 그것 외에도 많았다. 말할 때는 입을 똑똑히, 걸을 때는 등을 꼿꼿이 해야 했으며, 헤어짐이 있다는 걸 알면서도 만남을 해야 했고, 힘들어도 힘든 걸 숨기며 웃어야 했다. 나는 인간이 대체 무엇을 위해서 이렇게 사는지 알 수 없었다. 그러나 엄마는 말했다.

"세상살이는 원래 다 그런 거야."

나는 그 말이 이상하면서도 근사했다. 내게는 너무 어려운 일들이 엄마에게는 아주 쉬운 일처럼 느껴졌다. 나도 엄마처럼 당당하게 무언가를 정상적이라고 선언하고 싶었다.

그런데 언제부터였더라. 엄마마저 나를 비정상으로 여기기 시작했던 게.

투두둑. 창밖으로 물방울이 떨어졌다. 길가를 거닐던 정수리들이 우왕좌왕하고, 곧 비가 억수같이 퍼붓더니 하늘에서 번갯불이 번쩍였다. 그 요란한 빗줄기에 기억이 났다. 그래, 몇 년 전 강도를 목격했을 때부터다.

전에 살던 동네는 주택들이 다닥다닥 붙어 있는 곳이었다. 나는 항상 마을 초입에 있는 큰 가로등 아래에서 퇴근하는 엄마를 기다렸다. 가로등 뒤 담벼락에는 색동저고리를 입은 소녀 그림이 있었다. 소녀의 눈동자에 칠해진 페인트가 흘러내린 채 굳어 그림은 아름답다기보다는 기괴한 분위기를 풍겼다. 마을에 들른 공무원 아저씨는 벽화가 주민들의 심리적인 안정감을 고양시키고 범죄율을 낮출 것이라고 말했다. 하지만 열댓 명의 자원봉사자가 대충 칠해 놓은 담벼락은 공무원들의 심리는 안정시킬지언정 그곳에 사는 사람들에게는 호평받지 못했다. 오히려 벽이 낮아 보인다며 혀를 내두르는 주민들이 많았다.

마을 주민들이 옳았다. 담벼락은 이전보다 더욱 낮아 보였다. 어스름이 깔릴 무렵 담장을 넘어왔던 그 사람도 그리 생각했을 것이었다.

아니, 사람이 아니다. 운동화. 크기가 280밀리미터 정도 되는 흰 운동화였다. 나는 그날도 가로등 아래에서 엄마를 기다리는 중이었다. 그때 갑자기 꽥 하고 작은 비명이 들렸던 것을 선명하게 기억한다. 그것은 새가 길게 우는 소리와 비슷했다. 소리가 들린 곳은 내 뒤였다. 그러니까, 소녀의 벽화에서. 나는 웅크렸던 허리를 펴고 고개를 돌렸다.

흙먼지가 날리고 까맣게 닳은 앞코가 보였다. 때가 낀 흰 운동화가 담벼락을 넘어오고 있었다. 운동화는 나를 보고 멈칫하더니 곧 웃으며 다가왔다. 드르륵 열린 칼날이 마침내 내 살결에 닿았을 때 그는 아무 소리도 내지 말라고 했다. 오늘 본 것은 모두 비밀이라고.

다음 날 아침, 동네에 경찰이 왔다. 엄마는 앞집 할머니가 돌아가셨다고 했다. 경찰은 목격자를 찾고 있었고, 그래서 나는 누군가를 보았다고 말했다. 돌이켜 생각하면 그때 아무것도 보지 못했다고 하는 편이 좋았다. 그랬다면 경찰이 내게 그 질문을 하지는 않았을 것이다.

"그 사람이 어떻게 생겼는지 기억하니?"

엄마와도 눈을 잘 마주치지 못하는 내가 타인의 얼굴 따위를 기억할 리 만무했다. 내가 기억하는 것은 오직 하나였다. 내가 항상 바라보는 곳이자 내가 사람을 인식하는 부위.

"흰 운동화."

그 말만을 반복했다. 경찰의 얼굴이 서서히 일그러졌다.

"왜 바로 신고하지 않았니?"

엄마도, 경찰도, 근처에 모여들어 관망하던 마을 주민들도 모두 나를 바라봤다. 세상 모든 눈이 나에게 향하고 있었다. 나는 그 끔찍한 시선을 피해 창문에 비친 내 모습을 바라보았다. 가슴이 세차게 뛰고 있는데도 유리창 속의 나는 무감각해 보였다.

'신고해서 제가 얻을 게 없잖아요.'

나는 말없이 속으로만 답했다. 침묵이 길어질수록 수군거리는 소리는 점점 커졌고, 경찰은 끝내 혀를 찼다. 하지만 나는 그들의 반응을 이해할 수 없었다.

득이 될 것 없는 상황에 나서는 사람이 얼마나 될까? 과연 이들

모두 신고를 하고 경찰의 질문에 곧이곧대로 대답했을까?
나는 그렇지 않다고 믿는다. 인간은 모두 이기적인 존재니까.

나를 닮은 아이

경찰을 만난 다음 날 엄마는 나를 병원에 데리고 갔다. 엄마는 내가 비정상이라고 했다. 정상이라는 범주에 속하는 것들은 하나같이 올곧았다. 나처럼 눈이 아니라 발을 보는 것은 비정상이었고 현대 사회에서 비정상은 치료해야만 하는 대상이었다.

그러나 진료는 전혀 내 마음에 들지 않았다. 은은한 찻잎 냄새가 가득한 방에서 의사는 자꾸 아버지에 대해 물었다. 아버지가 모든 문제의 원인이라고 이미 단정 지은 것처럼 말이다. 나는 대답하지 않았다. 일방적인 질문 끝에 의사는 엄마에게 이렇게 말했다. '외상 후 스트레스 장애'라고, 짐작하신 대로 아버지의 일이 원인일 거라고.

의사는 내가 또래 아이답지 않게 정서의 범위가 극히 제한되어 있다고 말했다. 상담할 때 눈을 한 번도 마주치지 않은 것을 들먹이며 내가 시선을 두려워하고 사람을 믿지 않는다고도 했다. 그 외에도 온갖 증상을 길게 늘어놓았는데, 한마디로 요약하자면 이거였다. 댁의 아드님이 사회 부적응자입니다.

엄마의 얼굴이 흉하게 일그러졌다. 의사는 그제야 짐짓 대수롭지 않다는 표정을 하고 말했다.

"너무 걱정하지 마세요. 마음의 병 때문에 생긴 일시적인 현상일 뿐이니까요. 나이도 어리니 금방 정상으로 돌아올 겁니다."

하지만 엄마와 의사는 모두 잘못 판단했다. 인간은 원래 이렇다. 무감각하고 무정하다. 그게 인간다운 것이다.

그런데 내가 인간답게 행동할 때마다 엄마는 슬픈 얼굴을 했다. 우리는 강하게 살아야 한다고, 누구보다 이성적인 사람이 되어야 한다고 말한 건 엄마면서. 엄마는 모순적이다. 하지만 인간은 원래 모순적인 존재일지도 모른다. ……아닌가? 사실 이제는 무엇이 '인간다운' 건지 모르겠다. 가끔은 내가 인간이 아닌 것 같았다. 나는 외계인에 가까웠다. 옛날 영화에서 본, 인간과는 본질적으로 다른 외계인.

그래서 그날은 아주 특이한 날이었다. 나와 비슷한 존재를 처음으로 만난 날이었으니까.

유독 날이 궂은 여름이었다. 몇 주 동안 비가 퍼붓고, 이따금 골목에는 고함 소리가 울렸다. 산등성이에 있는 학교에서 집을 향해 내려오기까지 바닥에 채 스며들지 못한 빗물이 냇물처럼 흘렀다. 그날은 엄마 심부름으로 슈퍼에 다녀오는 길이었다. 검은 비닐봉지를 들썩이며 하나 둘, 하나 둘. 걸음을 옮기다가 어쩐지 지루해져 깡통을 걷어찼다. 깡통이 전봇대에 부딪혀 큰 소리를 내고, 신발 앞코에 맺혔던 물이 얼굴까지 튀었다. 흙탕물에서 생선 썩은 내가 났다. 거기서부터 이상하다고 생각했다. 생선 썩은 내라니. 여긴 바다도 개울도 없는데.

나는 우산을 치켜들고 빠르게 걸음을 옮겼다. 하지만 비린내는 걸음을 옮길수록 점점 더 심해졌다. 물비린내가 아니라 피비린내. 역겨운 그 냄새가 코앞에 들이닥친 것은 내가 골목 모퉁이를 돌았을 때였다. 눈앞에 발이 보였다. 핏기 하나 없이 창백한 맨발이었다. 가느다란 발목에 툭 불거진 복사뼈, 상처투성이 발등. 두근두근하는 소리가 들리기 시작했다. 나는 발에 시선을 고정한 채 걸음을 옮겼다.

타박.

발소리가 울렸다. 새파란 발이 나를 향했다.

"아."

앳된 음성이 빗소리를 뚫고 귓가를 간질였다. 곧이어 바닥에 고인 빗물 위로 검붉은 물방울이 쏟아져 내렸다. 나는 마른침을 삼키며 고개를 들었다. 흙투성이인 바지 밑단이 보였다. 좀 더 시선을 올리니 교복 셔츠의 긴 소매가 보였고, 두 손에 안긴 것은 죽은…….

"봤어?"

죽은 고양이. 시체가 축축이 젖어 들어갈수록 더욱 역한 냄새가 났다. 소년이 희미하게 웃었다. 무어라 형용할 수 없는 기분이 들어 멍하니 서 있는 사이 소년이 다시 입을 열었다.

"비밀이야."

그러고는 내게 손을 흔들었다. 이제 그만 가라는 뜻이었다. 나는 한 발 한 발 뒤로 물러섰다. 빗줄기 너머로 우리 학교 교복 명찰이 보였다. 노란색 3학년 명찰. 이름은 이도해.

"이도해."

읊조림에 빗소리가 섞여 들었다. 흔하지도 특이하지도 않은 이름이었지만, 물방울이 번지듯 기억에 스며들었다.

그 후 어떻게 집까지 왔는지는 기억이 나지 않는다. 묘한 감각이 발끝에서부터 기어올라 머리까지 잠식했기 때문이었다. 간지럽기도 하고 숨이 막히기도 한, 이런 기묘한 감각은 처음이었다. 물웅덩이를 밟을 때처럼 차갑고 철벅철벅한 것이 가슴속에 기지개를 폈다.

그리고 그날 밤, 내 방 창 밑 담벼락에서 울음소리 같은 걸 들었다. 어쩌면 환청일지도 모른다. 나는 자주 이상한 목소리를 들었으니. 하지만 이 울음소리는 환청이라기엔 너무나도 생생해서 창문을 열고 골목 어귀를 내려다보았다. 사람 한 명 없는 으슥한 골목길에 언뜻 새파란 형체가 보였다. 어둠과 불빛 사이를 날래게 가로지르며 그것은 길게 울었다.

“내가 죽였어.”

그리고 사라졌다. 처음부터 존재하지 않았던 것처럼. 그 목소리를 뇌리에서 떨칠 수 없었다. 소년, 그러니까 이도해의 목소리 같기도, 내 목소리 같기도 했다. 그 고양이는 이도해가 죽인 걸까? 걔는 뭐 하는 애일까? 대답 없는 질문들이 어지러이 흩어졌다. 내가 죽였어. 나는 결론도 없이 계속 그 문장을 곱씹었다.

내가 죽였어. 아버지를 죽였지. 맞아, 내가 아버지를 죽였어.

곱씹다 보니 날이 밝아 왔다. 까맣던 하늘은 어느새 파랬다. 간밤의 일을 전부 보고 있었으면서, 아무것도 모르는 척 천진난만하게 파랬다.

하얀 거짓말

등굣길 곳곳에 그날의 흔적이 남아 있었다. 골목 어귀에 짙게 밴 비 냄새, 아스팔트 위에 즐비한 죽은 지렁이들. 땅바닥에서 시선을 뗐다. 삼삼오오 모여 등교하는 아이들이 멀리 보였다. 자기들끼리 마주 보며 깔깔대는 모습에 등골이 서늘해졌다.

언제부터 눈을 마주 보지 못하게 된 걸까. 정확한 시기는 기억나지 않는다. 다만 어떤 느낌이었는지는 확실하게 기억하고 있다. 처음에는 그저 불편했다. 타인의 눈에 내가 어떻게 비치는지 신경 쓰였다. 그러다 보니 불쾌해졌다. 사람들이 나를 보며 무슨 생각을 할지 멋대로 상상하게 되었다. 상상 속에서 그들은 대체로 내게 상처를 입혔다. 불쾌가 공포로 변하기까지는 그리 오랜 시간이 걸리지 않았다. 시선이 내 일그러진 속을 구석구석 관통하는 느낌. 관찰당하고 있다는 생각을 지울 수가 없었다. 그렇게 내 시야는 천천히 아래로 내려갔다. 인중, 어깨, 무릎을 넘어 발까지.

그건 알레르기와도 같다. 시선은 내 몸에 과도한 면역 반응을 일으키는 항원이다. 새까만 동공을 바라보고 있으면 목이 간지럽고 얼굴에 열이 오른다. 그러나 내 알레르기는 봄철 꽃가루에 반응하는 것처럼 계절 따라 오고 가지 않는다. 그건 늘 내 곁에 존재한다. 언제 어디서나.

그런 생각을 하며 정문을 지나 교실로 들어섰다. 숨을 들이켰다. 나무와 먼지 냄새, 아이들의 땀 냄새가 뒤섞인다. 통통, 교실 뒤편에서 누군가 공을 튕기는 소리가 들린다. 튀어 오르는 축구공을 따라 시선을 움직이니 발목까지 올라오는 검은 양말과 이에 대조되는 흰 실내화가 보인다. 서진욱이었다.

"진욱아, 좋은 아침."

나는 손을 크게 흔들었다. 조금 과장돼 보이는 정도가 좋았다.

"아, 왔구나."

공중에 떴던 공이 순식간에 서진욱의 발 아래 놓였다. 축구 선수 지망생답게 공 다루는 솜씨가 대단했다. 이번 방학 때는 전국 청소년 축구 대회에 나간댔나? 청소년 국가대표. 뭐 그런 이야기도 오갔던 것 같다. 내가 알 바는 아니지만.

"율, 오늘 체육 시간에 1반이랑 축구 뜨는 거 알지?"

"당연하지. 축구화 가져왔어."

나는 신발주머니에 있는 축구화를 꺼내 보였다. 눈은 슬쩍 피하지만 만면에는 미소를 띠며. 하지만 나는 축구를 싫어한다. 축구 시합은커녕 움직이는 것 자체를 좋아하지 않는다. 그러나 그런 마음이 들 때면 엄마의 말을 떠올렸다.

"인간관계의 기본은 증명이야."

그 말이 맞다. 나도 친구들에게 내 유용성을 증명해야 했다. 그러지 않으면 무리에서 버려질 테니까. 우리 반에도 그렇게 왕따가 된 애가 한두 명 있었다.

"그나저나 어젯밤 축구 봤어? 애스턴 빌라랑 토트넘, 마지막 그 슛. 근데 오프사이드라잖아. 심판 진짜……."

서진욱은 자랑처럼 수많은 용어들을, 내가 모르는 축구 선수와 경기 규칙을 나열했다. 하나도 관심 없었지만 아주 흥미진진한 척 이야기를 들었다. 곁다리로 칭찬을 끼워 넣는 것도 잊지 않았다.

"나도 진욱이 너처럼 축구 잘하고 싶다."

"지금도 충분히 잘하는데 뭘. 좀만 더 연습하면 나보다 잘할걸."

서진욱의 두 눈이 반달처럼 휘어졌다. 명백히 나를 낮잡아 보는 시선. 속으로는 나 같은 건 절대 자신을 따라잡을 수 없다고 생각하겠지. 이 대화에 진실은 없다. 온통 거짓말뿐이다. 하지만 나는 기 싸움을 하는 대신 아첨이나 더 하기로 했다. 그게 내가 이득을 취하는 방식이다.

"서진욱 너만 믿는다. 1반 애들 다 밟아 버려."

나는 일부러 과격한 단어를 골라 말을 꾸몄다. 그 외에도 온갖

미사여구를 덧붙여 치켜세우자, 서진욱은 당연하다는 듯 어깨를 으쓱거렸다.

"나만 믿으면 돼."

퍽이나. 하지만 나는 웃는 낯으로 고개를 끄덕였다.

길고 무의미한 대화 끝에 수업 종이 쳤다. 1교시는 도덕이었다. 178페이지, 하얀 거짓말.

> 하얀 거짓말은 남에게 해가 되지 않는 선의의 거짓말을 말한다. 예를 들어 시한부 환자가 좌절하는 것을 막기 위해 기대 수명보다 더 오래 살 수 있다고 말하는 경우가 하얀 거짓말에 해당한다. 그렇다면 하얀 거짓말은 도덕적인 행위일까?

내가 지금까지 해 온 거짓말을 헤아려 보았다. 셀 수 없을 정도로 많았다. 내 인생은 전부 거짓말이었다. 그러나 그게 나쁘다고는 생각하지 않는다. 서진욱도 선생님도, 심지어는 엄마조차도 내게 거짓말을 하니까. 관계는 거짓말로 이어진다. 옳고 그름을 따지는 건 무의미하다. 왜 중학교 3학년이 되어서까지 도덕처럼 무의미한 과목을 배우는지 이해할 수 없다. 도덕, 도덕. 곱씹을수록 공허해질 뿐이다. 그래서 교과서를 마저 읽는 대신 낙서를 했다. 수업이 끝났을 때, 178페이지는 그림으로 가득 차 있었다. 여러 마리의 빽빽한 고양이 그림이었다.

두 번째 만남

감이라는 것은 본능에서 온다고 한다. 생존의 본능. 원시 시대 조상들은 포식자로부터 살아남기 위해 감을 발달시켰다. 그래서인지 극도로 발달한 감은 미래를 정확히 예측하기도 한다. 고양이 그림을 그렸던 것도 일종의 감이었을지 모른다. 그 애와 다시 만나게 될 전조였다고 생각하면 모든 것이 들어맞았다.

4교시 체육 시간, 우리 반의 시합 상대인 3학년 1반에 그 애가 있었다. 설마 이런 곳에서 마주치리라고는 생각지도 못한 나는 시합에서 몇 번이나 헛발질을 했다. 정작 당사자인 이도해는 운동장 귀퉁이에 가만히 서 있기만 했는데 말이다. 내가 여기저기 뛰어다니고 공을 찰 동안 이도해는 한 번도 제자리에서 움직이지 않았다. 이도해에게 패스하는 애가 한 명도 없어서였다. 이도해는 1반의 왕따였다.

휘슬이 울렸다. 전반전 종료. 잠시 주어진 쉬는 시간, 아이들은 식수대에서 온몸을 물에 적셨다. 태양의 열기로 후끈후끈 달아오른 모래 바닥이 족히 40도는 될 것 같았다.

"와 씨, 오늘 날씨 실화냐. 죽겠는데."

"나 더위 먹은 것 같아."

1반이고 4반이고 할 것 없이 여기저기서 죽는소리가 튀어나왔다. 아이들은 쫄딱 젖은 생쥐 꼴이 되어 그늘에 몸을 눕혔다. 나도 예외는 아니었다. 후덥지근한 바람을 피해 석벽에 등을 기대고 멍을 때렸다. 하늘을 향했던 시선이 나무로 내려오다 그 애에게 닿아 멈췄다. 이도해는 저 멀리 느티나무 그늘 아래서 홀로 쭈그려 앉아 있었다. 처음 만났을 때처럼 맨발은 아니었다. 한눈에 보아도 낡은 운동화. 신발 밑창이 너덜너덜한 게 금방이라도 찢어질 것 같았다.

한 발짝 두 발짝. 이끌리듯 다리가 움직였다. 의도하지 않은 발걸음이 향한 곳은 느티나무 그늘 아래였다. 이도해는 내가 다가가는데도 눈치를 채거나 알아보는 기색이 없었다. 그저 하염없이 어딘가를 바라보고 있을 뿐이었다.

"저기."

답이 없다. 나는 다시 크게 입을 벌렸다.

"저기, 너 말이야."

깜빡. 이도해의 눈꺼풀이 감겼다가 열렸다. 새까만 눈동자가 천천히 내 쪽으로 움직였다. 아주 느릿하게, 나비가 날갯짓하는 속도로.

"나?"

이도해가 되물었다. 굉장히 신기한 목소리였다. 분명 전에도 들어 본 적 있는데 지금은 꼭 처음 듣는 것처럼 낯설었다.

"그래, 너."

나는 어색하게 말을 붙였다. 친한 척하는 것 같다는 자각은 있었다. 하지만 정상이 되기 위해선 정상이 아닌 걸 공부해야 할 필요가 있다. 그런 면에서 이도해는 최적의 대상이었다.

"내가 보이는 사람은 오랜만이네."

하지만 공부도 어느 정도 예측이 되는 상대여야 가능하다. 이도해는 내 예측을 훨씬 뛰어넘는 애였다. 마치 자기는 사람이 아니라는 듯한 묘한 말투. 그럼 뭐, 귀신이라도 되나. 며칠 전 라디오에서 들은 괴담이 떠올랐다. 줄곧 옆 사람과 같이 대화했는데 친구가 와서 왜 이렇게 혼잣말을 하냐고 물었다는 괴담. 나는 주변을 둘러보았다. 몇몇 아이들이 슬쩍슬쩍 이쪽을 보는 게 느껴졌다. 하지만 그들에게 이도해가 보이는지는 의문이었다. 내가 쉽게 말을 이어나가지 못하고 어물거리자 이도해가 말했다.

"귀신은 아니야."

꼭 내 마음을 읽은 것처럼. 그리고 한마디 덧붙였다.

"다른 애들은 늘 내가 안 보이는 척해."

"보이는데 왜 안 보이는 척을 해?"

내 물음이 끝나고 닥쳐온 침묵. 이건 대화가 맞나. 이어질 만하면 끊어지고 끊어질 만하면 이어지고. 말과 말 사이 여백을 가늠할 수 없었다. 그렇게 몇십 초가 흐르고 작열하는 태양열이 피부를 벌겋게 익힐 때쯤, 나는 한 발짝 앞으로 걸음을 옮겼다.

"옆에 앉아도 돼?"

이도해는 제지하지 않았다. 몇 걸음 떨어진 곳에 자리를 잡고 앉으니 옆에서 시선이 느껴졌다. 호기심에 가득 찬 시선. 좋은 징조였다. 어느 정도 호감을 샀다는 뜻이니까. '호감을 사다.'만큼 적확한 표현이 없었다. 인간의 마음은 사고팔 수 있는 성질의 것이었다.

"하늘이 가장 푸를 때는 언제라고 생각해?"

이도해가 운을 뗐다. 이건 날씨 얘기나 흔한 안부 인사 같은 걸까?

"잘 모르겠는데."

"낮 12시야."

"진짜?"

"과학적으로 증명된 건 아니고, 그냥 내 경험."

"아…… 그래."

무슨 말을 하고 싶은 건지 모르겠지만 일단 장단은 맞춰 줬다.

"하늘 보는 걸 좋아하거든. 특히 옥상에서 보는 푸른 하늘이 제일 좋아."

이도해는 검지를 들어 하늘을 가리켰다. 손끝을 따라 자연스레 내 시선도 위로 움직였다. 이도해의 눈동자가 보였다. 새까만 눈동자. 시선이 마주치자 까만 파문이 일었다. 호숫가에 돌이 떨어진 것처럼 출렁. 이도해가 일렁였다. 아니, 일렁이는 건 나인가.

이도해가 평온하게 말을 이어나갈 때 나는 필사적으로 떨리는 손끝을 감추었다. 타인과 눈을 마주치는 건 아주 두려운 일이었다. 숨결이 떨리고 머릿속이 하얘졌다. 나는 급히 고개를 숙였다. 땅바닥. 내게 가장 익숙한 곳이었다. 흙 알갱이와 이름 모를 잡초, 굴속으로 들어가는 개미. 나는 바닥의 모든 침전물을 하나하나 떠올리면서 속으로 되뇌었다. 이건 아드레날린이 과도하게 분비되어 발생한 단순한 현상이라고. 다행히 마음이 조금씩 가라앉았다. 질문에 답할 정도의 여유는 생겼다.

"너는 좋아하는 거 있어?"

그동안 내가 좋아한다 했던 것들을 떠올렸다. 서진욱과 친구가 될 때 나는 축구를 좋아하는 사람이었고, 김동휘와 친구가 될 때는 게임을 좋아하는 사람이었다. 나는 그것이 이득이 된다면 무엇이든 좋아할 수 있는 사람이었다.

"나도 하늘 좋아해."

사람은 자신과 비슷한 이에게 호감을 느낀다. 차이점은 드러내지 않는 게 좋다. 그러니까 이건 사회적으로 통용되는 하얀 거짓말이다.

"거짓말이네."

수많은 거짓말을 했지만 이렇게 대답한 사람은 한 명도 없었다.

"……뭐?"

"좋아한다면서 지금까지 한 번도 하늘을 올려다본 적 없잖아. 그러니까 거짓말."

이도해는 웃으며 그렇게 말했다. 그 웃음에 경계심과 비난은 없었다. 그저 잔잔한 내포뿐. 하지만 나는 암묵적인 뜻을 파악하는 것에 약했다. 그래서 바보같이 바닥만 바라보고 있을 수밖에 없었다. 휴식 시간 종료를 알리는 휘슬 소리. 아이들이 바지를 털며 자리에서 일어났고, 이도해도 몸을 일으켰다.

"먼저 갈게."

"어…… 잘 가."

인사를 나눈 순간 구름이 태양을 가리고 운동장은 삽시간에 어두워졌다. 느티나무 그늘 아래는 더 어두웠다. 구름이 지나가는 짧은 몇 초, 그사이 곁에서 스치듯 소리가 들렸다.

"다음에는 거짓 없이 만나자."

그리고 이도해는 사라졌다. 눈을 씻고 찾아봐도 후반전엔 이도해의 모습이 보이지 않았다. 하지만 아무도 이도해의 부재를 신경 쓰거나 지적하지 않았다. 마치 이도해는 처음부터 이곳에 없었다는 듯.

알고 싶은 변수

나만 알고 다른 애들은 모르는 어려운 단어가 있다. 주지화(intellectualization)라는 단어다. 주지화는 방어 기제의 일종인데, 감정과 이성을 분리한 다음 감정을 이성으로 설명하여 해소하려는 행위라고 한다. 그리고 방어 기제는 두렵거나 불쾌한 상황에 처했을 때 스스로를 보호하기 위하여 자동적으로 취하는 행위를 말한다.

이 단어는 매주 다녔던 상담 센터에서 처음 알게 되었다. 의사는 내 마음 깊은 곳에 작은 시한폭탄이 있다고 했다. 주지화로 감정을 설명했다고 해서 그 감정이 없어지는 것은 아니라고, 의식의 저편으로 밀려났을 뿐 언제 어디서 어떤 모습으로 나타날지 모르니 감정을 소중히 하라고 신신당부했다.

우스운 일이었다. 정작 의사도 나를 감정이 아니라 이성으로 분석하고 있지 않은가. 본인이나 잘하라고 돌려 말하니 의사의 얼굴이 붉으락푸르락해졌다. 그날 이후 상담은 관뒀다. 돈만 나가고 무익한 시간이었다.

반면 나는 모르고 다른 애들은 다 아는 단어들도 있다. 사람의 이름이다. 나는 사람의 이름을 외우는 데 약하다. 이 사람은 왜 이런 이름으로 불리는지 얼굴로도 성격으로도 짐작할 수 없다. 결국 이름이란 우연한 음절의 나열에 불과하다. 그래서 나는 반드시 필요한 경우가 아니면 타인의 이름을 외우지 않았다. 그나마 외우는 이름은 서진욱, 김동휘, 김민우 이렇게 셋뿐. 아, 이도해도 있구나. 걔는 예외로 치고. 어쨌든 이름은 어렵고, 대다수의 상황에서 무가치했다. 정 다른 애를 불러야 하는 상황이 오면 '야, 너, 저기' 이 세 단어로 해결되었으니까.

"다 채점했으니까 다음 시간까지 반 애들한테 나눠 줄래? 점수 문제 있는 애들은 교무실로 오라고 하고."

하지만 이름을 못 외우는 건 때때로 정말 곤란하다. 나는 선생님이 억지로 떠맡긴 골칫덩이를 멍하니 바라봤다. 프린트 하나당 이름 하나. 종이를 한가득 메우고 있는 동그라미나 빗금보다도 이 이름들이 더 어지러웠다. 김지민이 누구더라.

"어? 뭐야?"

"이거 지난번에 본 수학 수행 평가 아냐?"

"왜 벌써 나왔대. 나 절대 주지 마라. 점수 안 볼 거야."

김동휘가 손사래를 치며 뒤로 물러났다. 반면 김민우는 궁금한 기색을 가리지 않고 다가오더니 순식간에 프린트물을 채갔다. 그리고 한 장 한 장을 꼼꼼히 들여다보았다.

"내 거 여기 있네."

95점. 김민우의 시험지에 빨간 색연필로 점수가 크게 적혀 있다. 김민우의 입꼬리가 우쭐대듯 위로 올라갔다. 확인했으니 나머지는 돌려달라고 손을 뻗었지만 김민우는 못 본 체하고 계속 종이를 넘겼다. 다른 애들 점수까지 싹 다 확인해 볼 심산인 것 같았다.

"야 씨. 보지 마!"

"응. 김동휘 40점."

"망했다!"

김동휘가 요란을 떨며 머리를 쥐어뜯는 와중에도 김민우는 찬찬히 종이를 넘겼다. 다음 시간 종이 울리기 전까지 반 애들한테 나눠 줘야 하는데. 내가 초조하게 시계를 곁눈질하고 있을 때였다.

"아."

종이를 넘기는 소리가 멎었다. 김민우가 들고 있는 시험지를 보니 100이라는 숫자가 제일 먼저 눈에 띄었다. 그다음 보인 것은 서진욱이라는 이름 석 자.

"대박. 서진욱 100점이다."

어깨너머로 점수를 본 김동휘가 소리 높여 감탄했다. 그러자 김민우는 고개를 푹 숙이고, 아랫입술을 깨물었다. 아주 작게 무어라 읊조리는 소리가 들렸다. 불행히도 나에게는 그게 무슨 말인지 다 들렸다.

"잘 봤네. 씨발."

그리고 분풀이하듯 내게 향해 오는 눈빛. 나는 못 본 척 고개를 돌렸다. 커튼 사이로 들어온 환한 햇살이 교실을 밝혔다. 어둑한 열등감과는 반대로 날은 맑았다. 세상은 누군가의 사정과 무관하게 잘만 돌아갔다.

*

친구 관계란 참 이상하다. 내가 서진욱, 김민우, 김동휘와 친구가 된 지 벌써 삼 년째였다. 중학교 1학년 때 같은 반에다 자리가 가까웠던 것이 계기였다. 하지만 함께 있는 시간이 길어질수록 나는 친구라는 존재에 대해 아무것도 모른다는 사실을 실감하게 되었다. 친구는 아주 복잡하고 어려운 생명체다. 저마다 비밀을 감추고 절대 속마음을 보여 주지 않는다. 껍질을 까도 또 다른 껍질이 나오니 알맹이를 보는 걸 포기했다. 아마 나는 친구들이 어떤 생각을 하고 있는지 평생 모를 것이다.

뭐, 그런 건 차치하고, 나에게는 해야만 하는 일이 있었다. 이도해라는 변수를 파악하는 일이었다. 이도해가 위험 요소일지 유용한 도구일지. 1반에 찾아간 건 그걸 판단하기 위해서였다. 그러나 교실에 그 애는 없었다. 1반 애 하나가 나와서 이렇게 말했다.

"너, 걔는 왜 찾냐?"

이도해랑 친하다고 하면 큰일 날 기세였기에 나는 선생님이 이도해를 찾는다는 둥 그럴싸한 이유를 댔다. 그러자 1반 애는 나에게 거대한 호의를 베풀어 주는 양 거드름을 피우며 이상한 충고를 남겼다.

"잘 모르는 것 같아서 이야기해 주는 건데, 이도해는 가까이하지 않는 편이 좋아."

왜? 내가 순수한 얼굴로 부추기니 그 애가 만족스럽다는 듯이 배를 부풀렸다.

"걔는 정신병자야."

날카로운 단어다. 뜻이 많은 단어고.

"허구한 날 지각에 결석, 이유를 물어도 이상한 변명만 해 대고, 어쩌다 출석해도 옥상에서 하늘이나 올려다보고 있다더라. 완전 넋이 빠져 있대. 소름 돋지? 그리고 이게 가장 중요한 건데, 걔 사실……."

내가 들은 건 여기까지. 나머지는 수업 종이 쳐 버려서 듣지 못했다. 하지만 그것만으로도 충분한 수확이 있었다. 언뜻 마주친 1반 애의 눈빛은 아주 기묘했다. 자기와는 본질적으로 다른 생명체를 향한 의구심과 공포심을 곁들인 눈빛. 그래서 알게 되었다. 이도해는 단순한 왕따가 아니다.

이도해는 비정상이다.

창밖을 보았다. 정확히는 이도해가 좋아한다고 말한 푸른 하늘을. 아지랑이가 피는 운동장 위는 하루 중 어느 때보다 새파랬다. 어렴풋이 이도해가 했던 말이 떠올랐다.

'특히 옥상에서 보는 푸른 하늘이 제일 좋아.'

나는 뻐근한 목덜미를 잡고 시계를 바라보았다. 시침이 숫자 12를 향해 느릿느릿 가고 있었다.

이름은 북극성

눈앞에서 사람이 죽으면 어떻게 해야 하나요?

이 질문을 포털 사이트에 올려 본 적이 있다. 처음 질문을 올렸을 때는 한참을 기다려도 답변이 없었다. 답글이 달린 것은 질문에 내공을 걸었을 때였다. 많지도 적지도 않은 50. 그것만으로도 사람들은 득달같이 달려와 답변을 써 줬다. 하지만 하나같이 도움되지 않는 것뿐이었다.

끔찍한 상상이네요. 그런 상상을 왜 하죠? 그래도 만에 하나 그런 일이 있다고 가정한다면 경찰이랑 구급차를 불러야죠. 아직 죽지 않았다면 심폐 소생술을 하고요. 도울 수 있는 만큼 돕는 게 사람의 도리잖아요. 채택 부탁드려요.

다 이런 식이었다. 가장 큰 공통점은 모두 마지막에 '채택 부탁 드려요.'라는 말을 덧붙였다는 사실이다. 나는 지금껏 한 번도 이 질문에 만족스러운 답을 들은 적 없다. 위험하지만 계속 생각나는 아이. 이도해는 내게 조금 다른 답변을 줄 수 있을까.

종소리가 울리고, 점심시간을 맞아 환호하는 아이들 몰래 교실을 빠져나갔다. 미뤄진 급식실 공사에 투덜거리는 배식 당번들을 피해 계단을 뛰어오르니 금방 옥상 문이 보였다. 오래된 철문이었는데 아귀가 맞지 않아 틈새로 빛이 새어 들어오고 있었다. 왠지 모를 긴장감에 꿀꺽, 침을 한 번 삼키고 둥근 손잡이를 돌렸다. 철문 너머에는 금방이라도 손에 닿을 듯 구름이 가까웠다. 그러나 정작 기대한 사람의 모습은 보이지 않았다.

"없네."

들리는 것은 내 목소리뿐이었다. 하늘은 무심하게도 파랬다. 학교 뒤편 산기슭에서 불어오는 바람조차 잔잔해서 시시하기만 했다.

"뭐가 없는데?"

그때 목소리가 들렸다. 결코 잊기 힘든 목소리였다.

"안녕."

시선과 시선이 맞부딪혔다. 마음의 준비 없이 눈을 정면으로 마주쳐 놀란 심장이 요동쳤다.

"안녕."

앵무새처럼 이도해의 인사를 따라 하며 급히 숨을 삼켰다. 그러자 이도해가 미소를 지었다. 몇 번 만나지는 않았지만 내게 친근감을 느끼는 듯했다. 나는 조급히, 하지만 조급함을 숨기며 좀 더 제대로 된 인사를 덧붙였다.

"우연히 자주 만나네."

"우연 같은 건 없어."

"그럼 뭐가 있는데?"

"인연."

"어…… 그래."

여전히 이도해는 이해할 수 없는 말을 했다. 반응하기 힘들게.

"여기엔 무슨 일로 왔어?"

그 질문에 나는 머뭇거리다가 네가 여기 있을 것 같아서 왔다고 답했다. 그러자 하, 하, 웃음소리가 생겨났다. 처음에는 작게, 나중에는 터뜨리듯 크게. 웃음소리의 주인은 이도해였다. 웃다가 숨이 넘어갈 것 같은 이도해를 보며 나는 어찌할 줄 몰라 허공에 손을 휘젓다가 들썩이는 등을 두드려 주었다. 그걸 몇 번 반복하니 간신히 웃음소리가 잦아들었다.

"너 진짜 특이하다."

이도해가 숨을 고르며 말을 꺼냈다.

"특이하고 이상해."

이상한 사람. 그건 내가 하고 싶은 말이다. 이도해는 나보다 더 이상한 사람이었다. 이렇게 아무것도 예상할 수 없는 애는 처음이었다.

"나보단 네가 더 이상한데."

"아니. 네 쪽이 훨씬 더 이상해. 나랑 말을 섞는 것부터 그래. 왕따랑 있으면 좋을 리 없다는 걸 알면서도 그러는 거잖아. 비정상적이야."

비정상이라는 말은 그리 좋은 뜻이 아닌데도 이도해는 그 단어를 꼭 칭찬처럼 내뱉었다. 이걸 기뻐해야 하는지 화를 내야 하는지. 흘러가는 웃음소리를 타고 새털구름이 천천히 서쪽으로 흘러갔다. 그 고요하고 여유로운 광경에 이도해가 잠시 웃음을 멈추고 하늘을 올려다보았다. 나는 아래로 시선을 내렸다. 이도해의 옷차림이 보였다. 이렇게 더운데 바짓단은 길고 셔츠도 긴팔이다. 그러고 보니 저번 축구 시합 때도 이도해는 긴팔 체육복을 입었던 것 같다. 더위를 안 타나. 꽂히는 시선을 알아챘는지 이도해가 먼저 입을 열었다. 그러나 옷에 관한 이야기는 아니었다.

"내가 이도해인 건 어떻게 알았어? 저번에 우리 반에 와서 날 찾은 거 너지?"

"명찰 봤어."

"아, 명찰……."

이도해는 내 대답을 듣고 무얼 생각하는 건지 느릿하게 눈을 두어 번 깜빡였다. 그리고 위로 쭉 기지개를 켰다. 곧 팔이 천천히 아래로 추락했다. 털썩, 하는 소리와 함께 이도해의 몸이 뒤로 완전히 넘어갔다.

"이도해?"

열사병에 쓰러지기라도 한 건가 싶어 이름을 부르자 손가락이 움찔 떨린다. 죽은 듯이 누운 채로 이도해가 중얼거렸다.

"있잖아. 난 그거 싫어해."

"그거?"

"이도해라는 이름."

이름. 참 묘한 말이었다. 내가 의문을 품고 있는 걸 눈치챘는지 이도해가 덧붙였다.

"그 이름 뒤엔 항상 안 좋은 말들만 따라붙거든."

"어떤 말?"

"죽어."

순식간에 공기가 얼어붙었다. 한 시간 같은 몇 분이 흘렀다. 그 몇 분은 여름이 아니라 겨울이었다. 이도해가 다시 입을 열지 않았다면 나는 계속 겨울에 갇혀 있었을지도 모른다.

"농담이야. 농담."

이도해가 손바닥을 펼치고 손을 좌우로 흔들었다. 살을 엘 것 같던 서늘함이 그 손짓에 서서히 닦여 나갔다. 나는 조금 망설이다가 물었다.

"그럼 뭐라고 부르는 게 좋은데?"

"북극성."

내가 아는 북극성은 별밖에 없었다. 길잡이로 쓰인다는 하늘의 별.

"진짜냐."

"응."

"왜 하필 북극성인데?"

그러자 이도해가 말을 멈추고 몸을 일으켜 조심스럽게 내게 다가왔다. 아주 중요한 것을 은밀히 알려 주려는 것처럼.

"거기가 내 고향이라서."

"……뻥치지 마."

"뻥일 수도 있고, 아닐 수도 있고."

내가 당황하고 있자 옆에서 픽 웃음소리가 새어 나왔다.

"비밀이란 소리야."

비밀. 그놈의 비밀. 이도해는 비밀을 정말 좋아하는 것 같았다. 처음 만났을 때도 비밀이라더니. 나는 얼굴을 구기며 불만을 표출했지만 이도해는 개의치 않아 보였다.

"사실은 말이지, 북극성이라고 불리면 나도 빛날 것 같아서."

이도해가 웃으면서 중얼거렸다. 그 목소리는 순수한 어린아이 같기도 하고, 오랜 세월을 보낸 노인 같기도 했다. 나는 작게 북극성이라고 불러보았다. 이도해라는 이름처럼 입에 착 붙진 않았다.

어색하고 오글거리는 느낌. 그래도 아예 못 부를 정도는 아니었다. 퍽 어울리는 것 같기도 하고. 그러자 이도해는 아주 기쁜 듯이 활짝 웃었다. 그리고 내 명찰을 힐긋 보더니 물었다.

"너무 내 얘기만 했네. 넌 뭐라고 부르면 될까?"

"이름 같은 게 뭐가 중요하냐. 아무렇게나 불러도 상관없어."

이도해가 웃는 걸 멈추고 나를 바라봤다. 나도 홀린 듯 이도해를 바라봤다. 꼭 여기가 지구가 아닌 것처럼 느껴졌다. 내리쬐는 태양도 흘러가는 구름도 옥상의 시멘트 바닥도 새로운 무언가로 변했다. 마치 과학 시간에 배운 우주 같았다. 인간의 발길이 닿지 않는, 아주 먼 우주.

"이름은 단순히 부르기 위해 있는 게 아니야. 기억하기 위해 있는 거지."

기억은 언젠가 사라질 신기루 같은 것인데, 이도해의 한마디 한마디는 영원할 것처럼 느껴졌다. 몸에 커다란 발자국이 남은 듯한 익숙지 않은 느낌이 들어 고개를 돌렸다. 가슴이 울렁거렸다.

"나같이 별 볼 일 없는 사람을 왜 기억해."

생각지도 못한 말 하나가 잇새로 새어 나왔다. 이도해랑 있으면 생경한 기분이 든다. 지난번에도 이랬다. 모든 것이 뒤숭숭해진다. 더 이상 어떤 말도 마음속에서 빠져나가지 못하게 이를 악물었다. 때마침 점심시간 끝을 알리는 종이 울렸다. 종소리를 핑계 삼아 도망치듯 옥상을 빠져나가려는 때였다. 뒤에서 이도해의 목소리가 들렸다.

"특별하니까 기억하고 싶은 거야."

정신을 차리니 어느새 교실에 와 있었다. 교과서를 펼쳤지만 흰 종이에는 활자 대신 푸른 하늘이 가득했다. 학교가 끝날 때까지 그 생경한 풍경이 눈앞에서 계속 아른거렸다.

2부

하늘의 색

아침의 하늘은 파랗고, 저녁의 하늘은 붉고, 밤의 하늘은 검다. 하늘은 이 세 가지 색만을 띤다고 한다. 하지만 나만 아는 사실인데, 저녁이 밤으로 바뀌는 순간의 하늘은 녹색이다. 내가 가장 두려워하는 것은 바로 그 녹색이다. 녹색은 변화의 색. 변화는 고통을 가져온다. 그리고 나는 더 이상 고통을 겪고 싶지 않다.

"율아, 엄마 왔어."

현관에서 내 이름이 들려왔다. 퇴근한 엄마가 나를 부르는 소리였다. 이도해의 말대로라면 엄마는 나를 기억하고 있는 것이었다. 나는 곰곰이 내 이름을 곱씹었다. 빛날 율(燏)을 써서 율. 나는 이름대로 빛나는 사람인가? 아무리 생각해도 그건 아니다. 난 빛보다는 어둠이 어울린다. 그런 의미에서 이도해의 말은 틀렸다.

이름이 빛난다고 해서 내가 빛나진 않는다. 그 사실을 되새기니

새삼 거실 형광등이 아주 밝게 느껴졌다. 아니, 내가 어두워진 걸지도 모른다. 나는 그냥 눈을 감기로 했다. 아무것도 보이지 않으니 몸이 어둠 속을 둥둥 떠다니는 것처럼 느껴졌다. 상상 속에서 발은 한순간도 땅에 닿지 못했다.

"오늘 하늘 봤어? 노을 지고 별이 총총한 게 예쁘더라. 역시 사람은 일에 치이기만 하면 안 돼. 때론 즐기며 살아야지. 언제 엄마랑 날 잡아서 별 보러 가자."

별. 옥상 하늘을 닮은 새파란 별빛이 감긴 눈꺼풀 위에 살포시 내려앉는다. 순간 지독한 어둠이 신비로운 우주처럼 느껴진다.

"졸려? 졸리면 들어가서 자."

눈을 떴다. 엄마가 보였다. 여긴 우리 집 거실이다. 하지만 온몸의 감각이 새롭게 일깨워진 것처럼 선연했다. 피부는 서늘하고, 코끝에는 어떤 향이 감돌았다. 반짝이면서 톡톡 튀는 별 가루 냄새.

"아들, 오늘 무슨 일 있었어?"

나는 평온함을 가장하며 "아무 일도 없었어."라고 말했다. 이도해에 대한 건 누구에게도 말하면 안 될 것 같았다. 그게 설령 엄마라 하더라도 말이다. 어느새 내 안에서 이도해라는 존재는 아주 중요한 비밀이 되어 있었다. 엄마는 나를 미심쩍다는 듯 바라보다가 어깨를 으쓱였다.

"아니면 말고. 웃고 있길래 뭐 좋은 일 있나 했지."

웃고 있다니. 내가? 입가를 매만지자 정말 입꼬리가 살짝 올라가 있는 게 느껴졌다. 나는 웃으려 한 적 없는데. 문득 내가 아주 이상하게 느껴졌다. 머리는 차가운데 가슴은 뜨겁다. 깊은 곳에서 울컥 올라온 뜨거운 것이 목구멍으로 넘어와 입 밖으로 쏟아졌다.

"엄마."

"왜 불러?"

높낮이도 울림도 괴상하게만 느껴졌다. 목소리가 내 것 같지 않았다. 아니, 원래 이랬나?

"아무것도 아니야."

엄마를 등진 채 창밖의 골목길을 바라보았다. 여기서는 이도해를 만났던 모퉁이가 보이지 않았지만 시선을 떼지 못했다. 어둑한 돌담과 늘어선 오래된 빌라들. 열린 창틈으로 간간이 고함 소리가 바람결에 실려 왔다. 유리가 깨지는 소리, 분에 못 이긴 비명, 그리고 욕설. 그러나 아무도 반응을 보이지 않는다. 이 골목은 늘 이랬다. 멀쩡한 척해도 속이 곪아 있다. 나도 그렇다. 모두가 그렇다. 이도해도 그럴까?

……글쎄. 잘 모르겠다. 그래도 점점 무언가가 변할 것만 같은, 그런 불길한 예감이 들었다.

*

슬그머니 방문을 열었다. 낡은 문이 삐거덕거리는 소리가 고요한 거실에 울렸다. 숨을 죽이고 방을 빠져나왔다. 현관문이 최후의 난관이다. 소리가 들리지 않게 도어 록 주변을 감싸고 문을 여닫았다. 다행히 엄마는 일어나지 않았다.

나는 잠을 자는 게 싫었다. 가만히 누워 있으면 꼭 시체가 된 기분이었다. 어차피 죽으면 계속 잠들어 있을 텐데, 지금 자는 게 무슨 소용이 있나 싶었다. 그래서 가끔 몰래 밤 산책을 나갔다. 앞으로 다리를 쭉 뻗고, 손끝으로 공기를 헤치고, 다시 다리를 뻗고……. 그렇게 하염없이 걸었다. 멈추는 법을 잊은 기계처럼. 걷다 보면 내가 살아 있다는 실감이 들었다.

벌써 꽤 멀리까지 왔나 보다. 어느새 집은 보이지 않고 퀴퀴한 악취가 가까워졌다. 골목 한쪽을 차지한 쓰레기장에서 나는 냄새였다. 힘 빠진 다리를 끌고 바닥에 떨어진 작은 상자까지 몸을 옮겼다. 그리고 그 위에 걸터앉아 숨을 몰아쉬었다. 악취가 폐 안으로 스며들고 점점 몸이 쪼그라들 때였다. 어둠 속에서 노란 눈알이 번뜩였다.

새끼 고양이였다. 그것도 한 마리가 아니라 세 마리. 고양이들이 나를 둘러싸고 하악질을 해 댔다. 내가 깔고 앉은 이 작은 상자가 고양이들의 집인 것 같았다.

내가 자리에서 일어서자 고양이들은 기다렸다는 듯 상자로 돌진했다. 나는 상자 대신 땅바닥에 앉아 무릎을 감쌌다. 기울어진 시야에 밤하늘이 들어왔다. 하늘에는 관심도 없었는데, 요즘 들어 시선이 위로 갔다. 생각보다 보이는 별이 몇 개 없었다. 저 중에는 북극성도 있겠지. 북극성을 찾아 밤하늘을 이리저리 살폈다. 하지만 유별나게 밝거나 예쁜 별은 없었다. 역시 북극성이든 뭐든 별은 내게 그저 하나의 점에 불과했다.

다시 고양이 우는 소리가 들렸다. 갈비뼈가 다 드러날 정도로 앙상한 몸을 웅크리고 야옹거렸다. 나는 바지 주머니 속에 손을 넣었다. 꾸깃꾸깃 접힌 천 원짜리 몇 장이 있었다. 이 돈으로 과자를 사는 것과 고양이 밥을 사는 것을 저울질해 봤다. 후자는 내게 아무런 이득도 없었지만 과자가 먹고 싶은 기분은 아니었다.

오늘도 동네 슈퍼는 손님 한 명 없이 파리만 날렸다. 허름한 차림의 주인아저씨를 제외하면 아무도 없었다. 출입문에 달린 종이 울렸지만 아저씨는 작은 휴대폰 화면에 고개를 파묻고 들여다보기 바빴다. 화면에서는 축구 중계가 흘러나오고 있었다. 서진욱이 가장 좋아하는 축구팀의 경기였다. 나는 아저씨에게 다가가 말을 걸었다.

"참치 캔 어디 있어요?"

아저씨는 인상을 찌푸리며 손을 내젓고는 고개를 돌렸다. 손님을 대하는 태도라기엔 파리를 쫓는 움직임에 가까웠다.

"오른발. 슛! 아, 아깝네요."

참치 캔 하나를 찾아 계산대에 올려놓았다. 하지만 아저씨가 바코드를 찍은 건 해설진의 입에서 "아깝네요."라는 말이 두 번은 더 나온 후였다.

"4,500원."

"여기요."

"영수증은?"

"아뇨. 됐어요."

대화는 거기까지. 내가 자리를 벗어날 때도 아저씨는 인사 한 번 건네지 않았다. 하지만 나는 그게 좋았다. 억지로 웃으며 맞이하는 사람보다 차라리 불친절한 사람이 편했다. 살가운 사람은 아무래도 의심하게 된다. 속에 무슨 꿍꿍이를 숨기고 있을지 뜯어보게 되는 것이다. 예를 들자면, 서진욱 같은 사람.

"저 왔어요."

출입문으로 향하는데 익숙한 목소리가 들려왔다. 서진욱이 교복 차림 그대로 한 팔에 축구공을 끼고 슈퍼 안으로 들어왔다. 익숙한 인사, 그건 분명 슈퍼 아저씨에게 하는 말이었다. 망해 가는 슈퍼와 늘 잘나 보이던 서진욱. 괴리감이 느껴졌다. 뒤늦게 나를 보고 파리해진 저 낯빛도 서진욱과는 어울리지 않는 것이었다. 서로를 확인하고 우리는 멎듯이 굳었다. 내 입술 사이에서 한숨처럼 이름이 새어 나왔다.

"진욱아."

서진욱이 흠칫 몸을 떨었다. 그리고 한 걸음 한 걸음, 도망치듯 뒷걸음질 쳤다. 그때 슈퍼 아저씨가 고개를 들었다. 삼자대면. 어색한 침묵이 흘렀다. 아저씨는 나와 서진욱 사이의 미묘한 거리감을 눈으로 대중하다가 무심하게 한마디 했다.

"들어올 거면 빨랑 들어오든가. 늦게까지 싸돌아다니지 말고."

그리고 아저씨는 다시 휴대폰 화면에 집중했다. 그 순간 서진욱이 주먹을 불끈 쥐는 게 보였다.

나는 움직이지 못하는 서진욱을 그대로 지나쳤다. 옷깃이 스쳤다. 하지만 뒤돌아보지 않았다.

한밤의 거래

"먹어."

참치 캔을 상자 앞에 놓았다. 고양이들이 헐레벌떡 캔 앞으로 모여들었다. 굶주림 때문에 낯선 이에 대한 경계심도 잊은 듯했다. 나는 쪼그려 앉아 고양이들의 모습을 관찰했다. 방금 전까지는 사이좋게 몸을 비비고 있었으면서, 지금은 서로 먼저 먹으려고 엎치락뒤치락 싸움질이다. 살아남기 위해 다른 이를 물어뜯는 것이 꼭 인간 사회 같았다. 그럼 고양이들 입장에서 이 모든 사태를 일으킨 나는 신이나 다름없는 건가. 기분이 괴상했다. 전지전능한 주제에 하는 짓이라고는 아랫것들 싸움 구경이라니. 신은 거룩하기는커녕 세속적이다.

"한심하네."

혼잣말이 바람을 타고 하늘로 올라갔다. 신이 진짜 있다면 내 말을 들었을 수도 있다. 신성 모독으로 천벌을 주려나.

"뭐가?"

말 떨어지기 무섭게 천벌이 들이닥쳤음을 깨달았다. 어두운 가로등 불빛 아래, 서진욱이 서 있었다. 슈퍼에서부터 날 따라온 것 같았다. 내게로 다가오는 그림자가 짙어졌다. 나는 황급히 자리에서 일어나며 표정을 갈무리했다.

"뭐야. 심장 떨어지는 줄 알았잖아."

그러자 서진욱이 키득키득 웃었다. 나도 따라 웃는 소리를 냈다. 그러면서 머리로는 서진욱이 언제부터 여기에 있었는지를 가늠했다. 우리의 상투적인 웃음소리는 몇 초간 이어졌다. 먼저 웃음을 그친 건 서진욱이었다.

"이 시간에 여기서 뭐 해?"

취조하는 듯한 질문. 나는 눈 한 번 깜빡이지 않고 대답했다.

"산책. 잠이 안 와서. 너는?"

하지만 서진욱이 원한 대답은 아닌 듯했다. 다시 질문이 들어왔다.

"아까 나 봤지? 슈퍼에서."

나는 곁눈으로 서진욱의 의중을 살폈다. 그건 서진욱도 마찬가지였다. 소리 없는 탐색전이 시작되었다. 우리는 각자 패를 등 뒤에 숨긴 채 겉으로는 무해한 척 연기했다. 예를 들면 나는,

"슈퍼에서 보긴 했는데, 그게 왜?"

라고 물었고, 서진욱은,

"그냥. 나도 거기서 널 본 것 같아서."

하고 시치미를 뗴었다. 칼날을 품은 말이 오가고, 서진욱이 입을 어물거리며 한 발짝 앞으로 움직였다. 그 발끝에 상자가 채였다. 문제는 그 상자가 고양이 집이라는 점이었다.

"밟으면 안 돼. 그거 고양이 집이거든."

"고양이 집?"

"지금 네 앞에 있는 상자."

서진욱이 급히 뒤로 물러섰다. 그리고 바닥에 놓인 참치 캔 한 번, 울고 있는 고양이들을 한 번 보더니 내게 물었다.

"네가 밥 준 거야?"

"응."

"의외네. 넌 그런 거 안 하는 앤 줄 알았는데."

어떻게 타인에 대해 저리 자신만만하게 단언할 수 있을까. 나조차도 스스로에 대해 아무것도 모르는데.

"고양이 좋아했구나."

별로 안 좋아하는데. 하지만 안 좋아하면서 밥을 주는 것도 이상해 보여 그냥 말을 말았다. 서진욱 또한 내 대답은 애초에 기대도 안 한 듯 고개를 까딱이고는 참치 캔을 집어 들었다.

"근데 사람이 먹는 건 염분이 많아서 고양이한텐 안 좋대."

시선이 저절로 노란 얼룩 고양이에게로 향했다. 입에 참치 조각이 묻어 있는 녀석이었다. 서진욱의 시선도 곧 나를 뒤따라왔다.

"몇 번 먹었다고 죽는 건 아니고."

"잘 아네. 고양이 키워?"

"아니. 나도 아는 애한테 들었어."

그리고 정적. 어디까지 말해야 안전할지 몰랐다. 평소엔 예민하게 받아들이지 않았던 서진욱의 존재감이 한층 크게 느껴졌다. 그때 어딘가에서 고함 소리가 들렸다.

"하여간 이 동네는 방음이 안 돼."

서진욱의 발끝에 돌멩이가 채였다. 돌멩이는 포물선을 그리며 날아가다가 하수구에 빠졌다. 서진욱은 한참 동안 하수구를 바라보다 입을 뗐다.

"지긋지긋하다니까."

나도 하수구를 바라보았다. 철창 아래 지하 공간, 돌멩이는 그곳에 떨어져 끝없는 고요 속에 머물겠지. 나는 마음속으로 그 고요를 그려 보다가 고개를 저었다.

"그래도 너무 조용한 것보다는 낫지 않아? 사람 사는 맛도 나고."

"조용한 게 백배 천배 낫지. 이런 덴 사생활의 비밀과 자유, 그런 게 없어. 알고 싶지 않아도 다 들려서."

"뭐가 들리는데?"

"남의 불행한 가정사."

잠시 적막이 내려앉았다. 그러나 곧 서진욱의 목소리가 적막을 꿰뚫었다.

"듣고 싶어?"

사람들은 남의 불행을 떠들며 자기 삶에 위안을 느끼는 듯했다. 서진욱도 마찬가지였다. 내 의사를 물은 것은 그저 형식적인 질문에 불과했다. 서진욱은 손가락으로 근처 빌라를 가리키더니 제멋대로 이야기를 시작했다.

"저 빌라에 쓰레기 집으로 유명한 곳이 있어. 보이지? 저기. 현관만 저런 게 아니야. 창문으로 안을 들여다보면 쓰레기가 내 키만큼 쌓여 있는 게 보여. 진짜 더럽다. 바퀴벌레가 우글우글할걸. 어떤 아줌마가 나흘에 한 번꼴로 들르긴 하는데, 사람이 살 곳은 아니야."

그리고 서진욱은 주변을 둘러보더니 목소리를 낮췄다.

"근데, 살고 있어."

별안간 서늘한 바람이 불어와 나는 몸을 움츠렸다. 나뭇잎끼리 부딪치며 스산한 소리를 냈다. 서진욱은 내가 자기 이야기 때문에 겁을 먹었다고 생각하는지 피식 웃었다.

"우리 또래 애야. 아줌마 아들인 것 같은데, 평소에는 집 안에만 있다가 아줌마가 술 취해서 돌아오면 집 밖으로 나오더라고. 그래서 몇 번 얼굴을 봤어."

서진욱의 말소리가 점점 작아졌다.

"꼭 해골같이 생겼더라."

슬몃 올려다본 서진욱의 입가가 뒤틀려 있었다. 화가 난 것 같기도 했고, 고통스러워하는 것 같기도 했다. 나는 그것이 서진욱의 '진짜' 표정이라는 사실을 깨달았다. 하지만 그 표정은 아주 짧은 순간만 머물다가 사라졌다. 서진욱의 목소리가 퍼뜩 바뀌었다.

"재미없지?"

가식 같은 웃음이 서진욱의 얼굴에 드리웠다. 나도 얼굴에 거짓을 더욱 공고히 씌웠다.

"아냐, 재미있었어."

"그럼 다행이네."

서진욱이 어깨를 으쓱였다. 어딘가에서 또다시 고함 소리가 들려왔다. 그 소리를 들으며 예전에 경찰이 내게 했던 질문을 떠올리고 입을 열었다. 확인차 하는 말이었다.

"근데 왜 신고를 안 해?"

"타인 같은 건 생각할 여력도 없거든. 신경 쓰이지 않는다면 거짓말이지만, 곧 익숙해지는 거야. 원래 그런 집이라고 받아들이면 그만인 거지."

역시 내 생각이 옳았다. 모두가 나와 같이 선택했을 거다. 그날 내가 강도를 보고 신고하지 않은 것도 일반적이고 정상적인 선택이었다. 나는 고개를 주억거리며 서진욱의 말을 경청했다.

"여기 사는 사람들은 먹고사는 것만으로도 머릿속이 꽉 차."

서진욱은 마치 자기가 이 동네에 사는 것처럼 말을 덧붙였다. 그건 서진욱의 실책이었다. 우리 반 애들은 다 서진욱을 부자라고 생각하지만 이 주변은 가난한 집들뿐이다. 내 손에서 기이한 떨림이 느껴졌다. 서진욱의 울대가 위아래로 움직이는 것을 바라보았다. 꼭 낚시찌가 수면에서 흔들리는 것 같았다.

"너 여기 근처에 살아?"

서진욱이 차갑게 굳었다. 낚시찌가 물속으로 빨려 들어간 게 느껴졌다. 이윽고 찌에 서진욱의 약점이 올라왔다. 가난이라는 약점.

"……완전 근처는 아니고."

서진욱이 아랫입술을 잘근 씹었다. 서진욱은 웬일인지 불안한 기색을 감추지 못하고 당황하고 있었다.

"율아, 너 축구 좋아하지."

서진욱이 평소보다 훨씬 사근사근한 목소리로 말했다. 내가 제대로 잡았다는 뜻이었다. 나는 다소 거만하게 고개를 끄덕였다. 그러자 서진욱이 물 흐르듯 자연스럽게 내게 축구공을 내밀었다. 그 행동은 예측하지 못했던 것이었다.

"이거 네가 가져."

"어?"

"너 주려고 가져온 거야."

"어, 어……."

당황해서 어물거린 것을 긍정의 뜻으로 받아들였는지 서진욱이 축구공을 내게로 더욱 가까이 들이밀었다. 내가 의도를 파악하지 못하고 머뭇거리자 서진욱이 설명을 덧붙였다.

"그 대신이라는 건 아닌데, 아까 슈퍼에서 본 일 다른 애들한텐 말하지 말아 줬으면 좋겠어."

그제야 깨달았다. 이건 호의가 아니라 거래다. 축구공은 그 담보이고. 그러자 서진욱의 웃음이 조금 달라 보였다. 흐릿한 가로등 불빛에 기대어 서진욱의 얼굴을 뜯어보았다. 서진욱의 입은 웃고 있었지만 눈은 전혀 웃고 있지 않았다. 그 얼굴이 아주 익숙했다. 나도 항상 저런 얼굴로 서진욱을 대했다. 고개는 조금 비스듬하게, 입꼬리는 대칭으로 올리고, 눈은 반달처럼 접는다.

"말 안 할게."

"고맙다."

거래 성립이었다. 서진욱은 그제야 마음이 놓였는지 짧게 한숨을 내뱉었다. 나 또한 서진욱 몰래 손등으로 식은땀을 훔쳤다.

"이제 가 볼게, 율아. 너무 늦었다."

서진욱이 집에 돌아가려는 듯 방향을 틀다 균형을 잃고 비틀거렸다. 앓는 소리가 서진욱의 잇새에서 새어 나왔다. 나는 그 작은 소리를 놓치지 않았다.

"다리 다쳤어?"

서진욱이 떨떠름하게 고개를 끄덕였다.

"……조금."

"어쩌다가?"

"대회 연습하다가."

"병원은 가 봤어?"

작게 혀를 차는 소리가 들렸다. 서진욱은 아랫입술을 지그시 깨물고는 자기 혼자 성큼성큼 걸어 나갔다. 아프지 않다고 과시하려는 것 같았다.

"안 가도 돼."

하지만 말과 다르게 서진욱의 걸음걸이는 여전히 부자연스러웠다.

"병원 가야 할 것 같은데. 너네 아버지께서 걱정하실 거야."

그러자 서진욱이 자리에 우뚝 멈춰 섰다. 나는 내가 실수했음을 깨달았다. 아버지는 서진욱의 지뢰라는 사실도. 서진욱이 이쪽을 돌아보는 눈빛만 봐도 알 수 있었다. 안광이 시퍼렜다.

"아버지?"

서진욱이 비웃었다.

"내가 다친 줄도 모를걸."

나는 입을 다물고 서진욱의 뒤를 따라 걸었다. 서진욱도 더 이상 이쪽을 노려보지 않았다. 그렇게 우리는 한동안 조용히 낡은 빌라 사이를 걸었다.

"난 이리로 갈게."

"그래, 조심히 들어가. 다음 주에 학교에서 보자."

서진욱이 끝을 고했다. 근래 들어 서진욱이 한 말 중 가장 마음에 들었다. 그래서 나도 기쁜 마음으로 손을 흔들었다. 다리를 절뚝거리며 멀어지는 인영이 보였다. 서진욱의 뒷모습이 아주 작아진 것을 확인하고 나는 입가를 꾹꾹 눌렀다. 계속 억지웃음을 지었더니 뺨에 경련이 일고 있었다. 인간관계를 유지한다는 건 피곤한 일이다. 그래도 어쩔 수 없지. '친구'는 필요하니까. 학교라는 전쟁터에서 안전하게 졸업하기 위한 수단, 그게 친구라는 것이었다. 나는 천근만근 무거운 발을 옮겨 왔던 길을 되짚어갔다.

돌아오는 길에 우연히 그 쓰레기 집을 보았다. 어느 복도식 빌라의 한 호실이었다. 쓰레기 더미가 골목에서도 훤히 보일 정도로 현관문 앞에 쌓여 있었다. 멀리서도 악취가 느껴지는 것 같았다. 이웃들이 저 꼴을 내버려둔다는 것이 경이롭게 느껴질 정도였다. 문득 서진욱의 말이 떠올랐다. 타인 같은 건 신경 쓸 여력도 없다고 했다. 그래서 쓰레기 더미도 대수롭지 않게 받아들인다고. 하긴, 눈앞에서 사람이 죽어도 그냥 지나치는 게 인간이었다.

아버지가 죽었을 때도 그랬다.

깜빡이는 녹색 불이었다. 어린 나는 횡단보도를 징검다리처럼 뛰어 건넜고, 아버지는 내 뒤를 따라 걸었다. 그러다 갑자기 옆에서 헤드라이트가 번쩍였다. 곧이어 쾅! 쓰라린 무릎을 붙잡고 돌아보니 아버지가 횡단보도에 누워 있었다. 달려가서 아버지를 불렸다. 하지만 아무리 불러도 아버지는 일어나지 않았다. 나는 울음을 터뜨리며 도움을 청하려고 고개를 들었다. 사람들이 보였다.

하나, 둘, 셋……. 시선이 달라붙었다. 경악과 공포, 그리고 약간의 흥미가 느껴졌다. 아버지의 숨이 가늘어질수록 시선은 점점 더 아버지에게 몰려들었다. 아버지와 나는 구경거리 그 이상도 이하도 아니었다. 그 시선들을 잊을 수가 없다. 눈동자에 비친 내 모습을 잊을 수가 없다. 무엇도 하지 못한 채 울고만 있는 내 모습은 아주 꼴사나웠다.

아버지의 숨이 끊어졌을 때 멀리서 구급차 사이렌 소리가 들렸다. 구급차 안은 서늘했다. 아버지의 몸에는 하얀 천이 덮였고, 나는 구급대원이 가져다준 담요를 덮었다. 저녁 7시, 차창 밖 하늘은 녹색이었다. 녹색. 녹색. 녹색.

교과서에서는 어려운 사람을 도와야 한다고 했다. 근데 왜 아무도 아버지를 돕지 않았지? 왜 아무도 나를 돕지 않았지? 가슴은 찢어질 것처럼 아프고, 머리에는 질문만 늘어섰다. 그 질문에 답을 내려 준 건 구급대원들의 대화 소리였다.

"요즘 사람들 참 매정해. 사람이 죽어 가는데 무슨 구경이야."

"119 신고한 사람도 누군지 모르겠어요. 경찰 오니까 다들 자리를 피하던데요. 진술서 작성하고 그러는 게 번거롭다고."

"하긴 사람들이 원래 그렇잖아. 자기 불리한 일은 안 하려는 거. 에이, 오늘따라 길도 안 터 주네."

사람들은 원래 자기 불리한 일은 안 하려고 한다. 그 말이 나를 사로잡았다. 엉켰던 의문의 실타래가 비로소 풀린 기분이었다.

도덕 같은 건 전부 거짓말이다. 사람들은 원래 이익이 없으면 다른 사람을 돕지 않는다. 그게 당연한 것이다. 타인은 어떻게 되든 상관없다.

그러니 나도 쓸모없는 일은 하지 않을 것이다. 울지도, 화를 내지도, 누군가를 돕지도 않을 것이다.

그게 인간다운 거니까.

가슴의 통증이 서서히 잦아들더니 이내 아무것도 느끼지 못하게 되었다. 무감각해진다는 것은 정말 편리한 일이다.

시시한 현실

“날씨 한번 더럽게 덥다. 미친 거 아니냐.”

김동휘 말대로였다. 주말이 가고 찾아온 월요일. 일주일 사이에 장마도 완전히 물러나고 아침부터 펄펄 끓었다. 낡은 에어컨이 덜덜거리며 돌고 있었지만 학생 이십여 명이 모인 교실을 식히기에는 역부족이었다. 게다가 김동휘, 김민우, 서진욱, 나. 이렇게 남자 넷이 딱 붙어 김이 모락모락 나는 식판을 뒤적이고 있으니 열기가 더했다.

“얼마 전까진 비가 퍼붓더니, 이번 주는 푹푹 찌는 게 말이 돼? 그것도 월요일부터? 오락가락에도 정도가 있지.”

“너 그 말 벌써 세 번째야.”

김민우가 질린 낯으로 대꾸했다. 그러나 김동휘는 자기에게 반응해 주는 사람이 있다는 사실 자체로 기뻤는지, 멈추기는커녕 입에 모터가 달린 듯 말을 더 쏟아 냈다.

"날씨도 거지 같고, 밥도 거지 같고. 아주 가관이다. 그나저나 너 그거 아냐? 1반에서 말이야……."

한 음절, 한 알. 한 음절, 한 알. 말소리에 맞추어 젓가락으로 흰 밥알을 세었다. 김동휘는 항상 쓸모없는 것들을 잔뜩 이야기했다. 부풀린 몸짓과 고조된 목소리, 지루하진 않지만 무익한 대화. 그게 김동휘의 화법이었다.

엄마는 말주변이 좋은 거라고 했다. 하지만 나는 말주변이라는 것이 꺼려지기만 했다. 말주변은 공허하다. 어차피 잊힐 말들이 쭉 늘어설 뿐이다. 주변은 시끄러운데 나는 조금씩 침잠한다. 이렇게 많은 애들이랑 같이 있어도 나는 혼자라는 생각을 떨쳐 버릴 수 없다.

"아, 맞아. 너네 장래 희망 적는 거 냈냐?"

"나는 냈어."

"뭐라고 썼는데?"

"의사. 어릴 적부터 꿈이었거든."

"와, 역시 김민우. 노잼이네."

"그러는 넌 얼마나 잘난 걸 썼길래."

그사이 대화 주제가 또 바뀌어 있다. 말은 아주 빨라서 나를 도태시키고 금세 저만치 가 있다. 사람들은 자기들끼리 뭉쳤다가 흩어지기를 반복하며 빠르게 나아간다. 그 속도만큼은 도무지 적

응할 수 없다. 나는 말의 끝자락을 따라잡기 위해 속으로 안간힘을 쓰면서도 겉으로는 전부 이해한 척 거짓으로 고개를 끄덕였다.

"게임 유튜버! 한 번 사는 인생, 내가 좋아하는 걸 해야지."

"그걸로 벌어먹을 순 있냐? 너 게임 잘하는 것도 아니잖아. 나한테도 맨날 털리는 주제에."

"내가 언제."

"엊그제도 그랬고, 일주일 전에도……."

"아씨, 몰라. 서진욱, 너는 장래 희망 뭐라고 썼냐?"

장래 희망. 김동휘의 말에서 가까스로 단서를 찾았다. 지금까지 김동휘랑 김민우가 말했고, 이번에는 서진욱 차례인가 보다. 마지막은 나겠지. 서랍 속에 있는 진로 조사표를 떠올렸다. 받은 건 중간고사 전이었는데 칸은 아직도 공백이었다. 나에게 꿈 같은 건 없기 때문이었다. 나는 미래를 상상할 수 없었다. 의사는 그게 외상 후 스트레스 장애의 증상이라고 했다. 미래가 단축된 느낌을 받는 것, 예를 들면 직업, 결혼 등 정상적이라고 여겨지는 삶을 기대하지 않는 것.

"서진욱 너는 축구 선수지?"

김민우가 친한 척을 하며 밥을 한 숟갈 떴다. 숟가락이 김민우 입에 들어갔다가 텅 빈 채로 빠져나올 때, 서진욱이 시큰둥하게 대꾸했다.

"아니. 그냥 공부하려고."

그러자 김민우의 목에서 사레들린 기침이 쏟아져 나왔다. 씹다 만 밥알 몇 알이 책상을 나뒹굴었다. 나는 때를 놓치지 않고 옆에 놓인 물잔을 캑캑대는 김민우에게 건네주었다. 착한 친구 행세를 할 수 있는 좋은 기회였다.

서진욱은 저 때문에 김민우가 당황하든 말든 아랑곳 않고 평온한 자태를 유지했다. 이 난국에서도 김동휘는 자기 호기심을 채우기 바빴다.

"어? 나도 너 축구 선수 할 줄 알았는데. 너 청소년 축구 대회인가도 그래서 나가려 했던 거 아니야?"

"축구 선수는 안정적인 직업이 아니니까 공무원이나 하려고. 대회는 뭐…… 가벼운 마음으로 나가는 거고."

"공무원? 무슨 공무원?"

"글쎄."

꿈에 대해 말하는 것치고 서진욱은 무덤덤했다. 물론 꿈을 이야기할 때 눈을 반짝이며 황홀해해야 한다는 법은 없지만, 좀 의외였다. 서진욱은 늘 축구, 국가대표 등을 입에 달고 살았던 아이였기에 더 그렇게 느껴졌다. 김민우도 나처럼 의외라고 생각했는지, "뭐야. 시시하네."라고 멋쩍게 중얼거렸다. 분명 혼잣말인 것 같았다. 하지만 서진욱은 그 작은 소리에도 기민하게 반응했다. 식판을 치우러 가던 발소리가 뚝 그쳤다.

"원래 현실은 다 시시한 거야, 민우야."

그러고는 다시 조용히 멀어졌다. 졸지에 혼잣말로도 타박을 받게 된 김민우가 혀를 찼다. 비뚜름하게 서진욱을 흘겨보는 두 눈이 아주 시끄러웠다. 오래 묵은 열등감을 머금고, 들리지 않는 저주의 말을 쏘아 보내고 있었다. 비단 눈뿐만이 아니다.

"허세 부리는 것 좀 봐라. 싸가지 없는 새끼."

서진욱이 교실 밖으로 나가는 것을 확인하고 김민우가 물잔을 내동댕이쳤다. 텅 빈 잔이 책상 모서리에 부딪혀 듣기 싫은 쇳소리를 냈다. 이쪽 분위기를 파악하던 다른 애들이 아연실색하며 거리를 벌렸다. 김동휘는 "야, 더러워."라고 한마디 하곤 급식에 나온 장조림을 자기 입에 쏙 넣었다. 잔은 바닥을 뒹굴지만 아무도 주울 생각을 하지 않았다. 물이 들어 있을 때는 가지고, 비어 있을 때는 버린다. 잔뿐만 아니라 사람도 마찬가지일까.

천천히 교실 문을 나서던 서진욱의 모습이 머릿속에서 계속 맴돌았다. 서진욱은 지난주보다 더 심하게 다리를 절고 있었다.

처음이 된다는 건

시간은 피하고 싶을 때는 느리게 가고 즐기고 싶을 때는 빠르게 간다. 지금은 전자였다. 교실은 평소처럼 떠들썩했다. 하지만 난 그 떠들썩함 속에서 오히려 친구들의 부재를 느꼈다. 김민우는 도서관에서 책을 본다며 교실을 떠났고, 서진욱은 밥을 먹자마자 어디론가 사라져 버렸다. 유일하게 교실에 남아 있는 김동휘에게 눈짓했지만 김동휘는 나를 못 본 체하며 휴대폰 게임에 열중했다. 하긴 넷이 모여 있을 때가 아니면 김동휘와 나는 거의 대화를 나누지 않았다. 무신경하고 건조한 사람, 그게 나랑 있을 때의 김동휘였다. 하지만 남들과 달리 자기 자신을 있는 그대로 드러내는, 언제 어디서나 변하지 않는 사람이 있다. 내가 자꾸 그 애를 찾아가게 되는 건 그런 이유에서였다.

이런저런 생각을 하다 보니 벌써 옥상이었다. 문을 열자마자 들이닥치는 햇살에 절로 눈살이 찌푸려졌다. 그때 불쑥 손이 튀어나와서 내 이마에 그림자를 드리웠다. 한결 편안해진 시야에 한 사람이 들어왔다.

"이도해."

"아닌데."

꼭 퀴즈를 푸는 것 같은 문답이었다. 비록 오답이었지만 그것도 괜찮았다. 이 문답에는 푸른 하늘이 묻어 있는 것 같았다. 푸른 하늘은 시간과 공간을 펼쳐 내는 동시에 현실과의 경계를 흐리는 무언가가 되어서, 금세 발밑을 우주로 만들었다.

"북극성."

다른 이름을 부르자 그 애는 "정답." 하고 퍽 만족스럽게 웃었다. 숨겨진 의도 따위 없는 순수한 웃음. 사람치고는 이질적이었지만 이곳에서는 이질적인 것이 정상이었다.

"오늘 엄청 덥지 않냐?"

나는 이도해의 춘추복을 곁눈질하며 흔한 안부를 물었다. 그 한 마디를 하는 것만으로도 개운하지 않았던 가슴이 탁 트였다.

"더위는 여름에만 느낄 수 있는 낭만이야."

예전에는 이도해가 추위를 많이 타서 옷을 저리 입나 했는데, 이제 보니 낭만인지 뭔지 하는 보잘것없는 것 때문인가 싶었다. 이도해는 왜 춘추복만 입는가라는 거대한 미스터리 하나가 허무한 답을 내놓고 속절없이 풀려 버렸다. 하지만 그 허무함도 나쁘지는 않았다.

“그거 참 과격한 낭만이네.”

내가 마뜩잖게 헛웃음을 짓자 이도해가 눈을 찡긋거렸다. 일종의 콜 사인이었다.

“과격할수록 낭만적인 법이거든.”

이도해는 에스코트하듯 과장되게 허리를 숙이며 손짓을 했다. 손끝이 가리키는 곳에 커다란 그늘이 져 있었다. 그늘 아래는 다른 곳보다 훨씬 선선했다. 이도해는 바닥에 철퍼덕 주저앉고는 이제야 살 것 같다는 듯 숨을 내쉬었다. 종국에는 손을 부채처럼 파닥이며 몸을 식히기까지 했다. 언제는 더운 게 좋다더니, 말과 행동이 아주 딴판이었다.

“그냥 땡볕에 있지. 낭만적이라며.”

“넌 그런 낭만 안 좋아하는 것 같아서.”

“네가 더워 죽을 것 같아서 그런 게 아니고?”

“왜? 걱정돼?”

씩 웃는 모습이 여유롭다 못해 뻔뻔해 할 말을 잃었다. 전보다 장난스러워진 것 같기도 하고.

“넌 맨날 여기서 뭐 해? 더워 타면서.”

“뭐 하는 것 같아 보여?”

“땡땡이.”

“너무하네.”

이도해가 입을 비쭉 내밀었다. 하지만 이내 평온한 얼굴로 돌아와 항상 그랬던 것처럼 하늘을 보았다. 이도해의 고개는 처음 만났을 때부터 지금까지 쭉 위를 향하고 있었다. 기울어진 고개를 타고 턱까지 내려온 땀방울이 바닥으로 뚝 떨어졌다. 회색 시멘트 바닥에 둥그런 점 하나가 생겼다. 어쩌면 꿈이라는 건 시선이 반영되어 만들어지는 것인지도 모른다. 위를 올려다보는 사람에게는 올려다볼 꿈이 생기고, 나처럼 아래만 보는 사람에게는 밑바닥 현실만 남는 것이다. 나는 입안의 씁쓸함을 애써 지우며 이도해에게 물었다.

"안 지루해? 가만히 하늘만 보고 있는 거."

"전혀. 가만히 있어도 계속 변하거든. 구름의 모양이라든가 바람의 방향이라든가."

"변하는 게 좋냐?"

"좋아. 나는 변하고 싶은 사람이라서."

이도해는 고여 있다 보면 언젠가는 썩어 버릴 거라고 덧붙였다. 나는 흘러가기보다는 익숙한 곳에 고여 있고 싶었다. 하지만 그걸 입 밖으로 꺼내면 나 자신이 썩어 버린 사람이라고 시인하는 셈이었다. 나는 이도해에게 경멸받고 싶지 않았다.

"저 하늘 너머를 상상해 본 적 있어?"

상상은 나와 거리가 먼 것이었다. 그렇기에 나는 익숙한 과학적 사실을 이야기했다.

"우주가 있겠지."

"그래, 우주가 있을 거야. 우리의 감각을 넘어선 무한한 공간이. 거기서 바라보면 지구는 돌멩이에 불과할걸."

이도해가 슬쩍 웃음을 흘렸다. 아주 의미심장한 미소였다.

"너는 외계인이 있다고 생각해?"

비스듬히 들어온 햇살 한 줄기가 이도해의 뺨에 가느다란 선을 수놓았다. 그 선이 꼭 이계의 것처럼 느껴졌다. 예를 들면 외계인 고유의 무늬 같은 거.

"있어도 이상하지는 않지. 우주는 인간이 상상할 수 없을 정도로 넓으니까."

이 우주에서 지구에만 생명체가 존재한다면 그건 엄청난 공간의 낭비라는 말을 어디선가 들어 본 적 있었기에 이렇게 답했다. 그러나 이어진 질문은 다시 엉뚱한 방향으로 흘렀다.

"그럼 지구에는 외계인이 있을까?

"……뭐?"

"인간과 똑같은 모습으로 숨어 살 수도 있잖아."

"상식적으로는 없겠지."

기대하듯 눈을 빛내며 바라보는 이도해에게 일반적인 답을 꺼냈다. 상식은 진리였다. 모두가 인정하는 법칙이었고 골치 아픈 모든 것들을 일축하는 힘을 가지고 있었다.

"상식이라는 게 뭔데?"

하지만 상식도 이도해를 일축하지는 못했다. 상식의 올가미에 잡힌 건 도리어 내가 되어서 꼼짝없이 당할 수밖에 없었다. 늘 예상되는 질문과 답변으로 이어지던 서진욱이나 다른 아이들과의 대화와는 달랐다. 허점을 찌르는 이도해의 말에 내 시선은 더욱 갈 곳을 잃고 흔들렸다.

"몰라."

결국 나는 포기 선언을 했고, 이도해는 "모르는 걸 기준으로 삼는 거야?"라며 실실 웃어 댔다. 최근 들어 알게 된 건데 이도해는 한번 웃음을 터뜨리면 쉽게 그치지 못했다. 평상시에는 한 번도 웃지 않다가 이럴 때 몰아서 웃는 것 같았다.

"그럼 상식 말고, 네 기준에서는 어때?"

"내 기준?"

"그래, 너만의 기준."

이도해는 마치 내가 정상적인 기준보다 우위에 있는 것처럼 말했다. 세상은 늘 내게 평균치의 사람이 되라고 가르쳤는데, 이도해는 손쉽게 내게서 평균의 잣대를 빼앗았다. 그러자 검열되지 않은 생각들이 일제히 파도처럼 밀려들었다. 날것 그대로의 상태로 '정상'이라는 수문을 넘어, 더 이상 쏟아지는 생각을 수용할 틈이 없도록 만들었다. 이도해는 늘 이런 식으로 사람을 뒤흔들었다. 적어도 나는 이도해 앞에서 매일 흔들렸으니. 한참을 머뭇거리다 타인에게 내 속을 내비쳤다. 암울하고 비뚤어진 비정상을.

"있으면 좋겠어."

있다 없다가 아니라, 좋겠어. 전부 쏟아 내지 않은 것을 다행으로 여겼다. 지구에 존재하는 모든 사람이 다 외계인이었으면 좋겠다는 건 너무 거대한 소망이니까.

"내 비밀 하나 알려 줄까?"

이도해가 낮은 목소리로 속삭였다.

"사실 나는 이 별에 속한 사람이 아니야."

순간 생각이 멈췄다. 나는 눈을 뒤룩뒤룩 굴리다가 간신히 한마디를 골랐다.

"……더위 먹었냐?"

옥상은 태양과 가까운지라 교실이나 운동장에 비하면 훨씬 더웠다. 그늘임에도 불구하고 바닥에서 열기가 올라오고 있었으니 이도해가 열사병에 걸려 허무맹랑한 말을 하는 것도 무리는 아니었다. 나는 눈을 가늘게 뜨고 이도해를 살폈다. 하지만 이도해는 더위는 개뿔, 아주 멀쩡한 얼굴로 답했다.

"아니."

"그럼 뭔 소리야. 꿈꾸는 것도 아니고."

이도해가 다시 입을 열었다. 대화의 흐름은 여전히 예측할 수가 없었다.

"꿈. 그래, 넌 꿈이 뭐야?"

줄곧 우주에 관한 얘기를 하다가 꿈, 그 한 단어에 바로 화제가 달라졌다. 이도해의 머릿속에는 무엇이 살까. 외계인이라도 사는 걸까.

"갑자기?"

"그냥. 넌 어떤 사람이 되고 싶은지 궁금해서."

그렇게 말하는 얼굴이 퍽 진지했다. 나는 이번에도 이도해에게 넘어가 주기로 했다. 이도해와 함께 있을 때의 비일상적인 감각이 나를 안일하게 만들었다.

이도해가 던진 질문을 천천히 곱씹어 보았다. 나는 어떤 사람이 되고 싶은가? 제일 먼저 서진욱의 얼굴이 떠올랐다. 나도 서진욱처럼 강하고 사람들과도 잘 어울리고……. 아니, 아니야. 나는 서진욱의 겉만 볼 뿐, 속은 아무것도 모른다. 타인은 미지이다. 그런 모호한 게 아니라 좀 더 구체적인, 이른바 형상이 있는 것이 되고 싶었다. 그러나 이걸 뭐라고 칭해야 될지 몰랐다. 그러니까 내 대답은 "몰라."

"잘하는 거나 좋아하는 건?"

이 역시 "몰라." 건성으로 대답한 것은 아니었다. 충분히 숙고하고 검토한 다음 내린 답이었다.

"그러는 넌 뭐가 되고 싶은데."

"……나?"

쉼 없이 이어지던 대화 사이에 행간이 생겼다.

"네 얘긴 한마디도 안 했잖아. 네 꿈은 뭔데?"

이도해의 몸을 지탱하던 팔이 하늘을 향해 올라갔다. 그리고 허공 가운데 멈췄다. 그늘 밖으로 삐져나온 손끝에 햇살이 내려앉았다. 바람결이 머리카락을 흐트러뜨리고, 그 사이로 이도해의 눈이 보였다가 가려졌다. 이도해는 꼭 울고 있는 것 같았다.

"아주 멀리 가고 싶어. 아무도 날 못 찾게."

하나둘 손가락이 오므라들며 천공을 삼킬 것처럼 태양을 쥐었다. 물론 그 손에 잡힌 건 공기뿐이었다.

"이를테면 북극성으로."

하하. 싱겁게 웃으며 이도해가 손을 치웠다. 태양은 여전히 그 자리에서 그대로 눈부시게 빛나고 있었다. 금방이라도 사라져 버릴 것 같은 그 무상한 손을 바라보았다. 이도해와 있으면 마치 중력이 옅어지는 것처럼 지면이 멀어진다. 특히 오늘은 더 그랬다. 하늘을 뚫고 우주까지 가 버릴 것 같다. 그리고 그 우주에서……. 그 이상은 떠오르지 않았다. 아득한 어둠이 느껴지고, 냄새가 난다. 나는 예전부터 어두운 것들의 냄새를 잘 맡았다. 우울이나 죽음 같은 것들.

"거짓말."

숨을 뱉어 냄새를 밀어냈다. 이도해의 큰 눈망울이 보였다.

"잘하는 거나 좋아하는 게 뭐냐며. 네가 물어봤잖아. 나 거짓말 잘해."

내가 말하면서도 미친 소리를 한다는 자각은 있었다. 하지만 정말로 떠오르는 건 그것밖에 없었다. 이도해는 잠시 눈을 깜빡이다가 미친 소리를 더 미친 소리로 받아쳤다.

"재미있네."

재미있다는 말 한마디로 넘어갈 만큼 흔한 이야기를 했던가. 이도해는 여기에 한술 더 떠 내게 소설을 써 보라는 말까지 남겼다.

"소설?"

"그래, 소설을 써 봐. 거짓말쟁이야말로 좋은 소설가가 될 수 있어. 소설은 거짓말이니까."

"나 같은 게 써 봤자 읽어 줄 사람도 없을걸."

"그럼 내가 네 첫 번째 독자 할게."

그 말에는 한 치의 꾸밈도 없었다. 이도해는 어떠한 목적도 없이 나를 응원하겠다고 말하고 있었다. 타인의 순수한 호의는 내게 너무 낯설었다. 내가 할 수 있는 일은 처음 마주한 상황에 잔뜩 당황하고, 당황한 나 자신을 만끽하는 일밖에 없었다. 요컨대, 되묻는 일 외에는 아무것도 할 수 없었다는 뜻이다.

"네가 왜?"

이도해가 천천히 고개를 기울였다. 이도해가 고개를 기울이면 까만 눈에 담긴 하늘도 산도 전부 기울어졌다. 비스듬한 세계에서 이도해가 비스듬히 답했다.

"처음이 된다는 건 의미 있는 일이잖아."

의미. 효율도 이득도 아닌. 희미한 웅어리가 마음 깊은 곳에서 꿈틀거렸다. 제발 자기를 봐 달라고 내게 칭얼거렸다. 나는 익숙하게 응어리를 묻었다. 하지만 묻힌 구덩이에서 작은 파열음이 들려왔다. 어쩌면 의사 말대로 내 마음속에 정말 시한폭탄이 있는지도 모르겠다.

"있잖아."

맥락 없는 질문이란 건 알고 있었다. 하지만 이도해에게 줄곧 하고 싶었던 질문이었다.

"너는 네 눈앞에서 사람이 죽으면 어떻게 할 거야?"

식은땀이 흐르는 두 손을 쥐고, 나는 초조하게 답변을 기다렸다. 이도해는 잠깐 머뭇거리다가 대답했다.

"잘 모르겠는데."

손에 힘이 풀렸다. 심장에 구멍이 뻥 뚫린 기분이었다. 입안의 여린 살을 깨물며 간신히 올라간 입꼬리를 유지했다. 나는 이도해에게 무슨 특별한 대답을 기대했던 것일까. 가슴에 눅진하게 눌어붙은 감정 덩어리들이 한 겹 두꺼워지는 것을 느끼고 있을 때였다.

"아마 껴안아 줄 것 같아."

이도해의 목소리는 나를 소스라치게 할 정도로 강한 힘을 품고 있었다. 올곧은 까만 눈동자를 보며 직감했다.

"떠나는 길이 조금이라도 따뜻해지도록 안아 줄 거야."

나는 아마 평생 그날을 후회할 것이라고.

고백 사건

아침부터 카랑카랑한 아나운서 목소리가 잠을 깨웠다. 엄마가 매일 아침 듣는 라디오 방송이었다. 오늘의 게스트는 어느 심리 상담소의 소장이었다. 소장은 점잖으면서도 거만하게 말했다.

"우리의 몸이 상처를 입듯 정신도 커다란 스트레스를 받으면 상처를 입습니다. 몸의 상처와 달리 마음의 상처는 보이지 않아요. 그래서 상처를 치료하지 않고 곪게 내버려 두는 사람이 많죠. 하지만 정신의 상처가 일상을 집어삼키는 결과를 초래할 수도 있습니다. 우리는 그걸 외상 후 스트레스 장애, PTSD라고 부릅니다."

달력을 보았다. 7월. 1일부터 31일까지 날짜가 쭉 늘어서 있고 유독 3일에는 빨간 색연필로 별표가 쳐 있다. 나는 헛기침을 했다. 그러나 라디오의 말소리는 헛기침 정도로 가려지지 않았다.

"환자들은 무감각하고 무감정한 모습을 보이기도 합니다. 간혹

남에게 공감하기도 어려워해요. 자신의 고통만으로도 벅찬데 남의 고통을 이해한다는 건 터무니없는 사치죠."

라디오 채널을 돌렸다. 엄마는 채널을 돌려도 불평하지 않았다. 엄마에게는 라디오의 게스트가 조잘대는 말보다 출근이 급했다. 엄마는 현관 앞 거울을 보며 마지막으로 옷매무새를 단정히 했다.

"학교 가기 전에 꼭 문단속하고 나가."

곧 현관문이 닫혔다. 나는 휑한 집에서 홀로 시리얼을 한 숟갈 떴다. 라디오에서는 이제 클래식이 흘러나오고 있었다. 베토벤 교향곡 7번 2악장. 작지만 금방이라도 터져 나올 것 같은 선율을 들으며 시리얼을 씹었다.

그날 나는 도움의 손길을 찾아 헤매기보단 아버지를 끌어안아야 했을까.

입안이 맹맹해졌다. 퉤. 눅눅한 갈색 찌꺼기를 뱉어 냈다.

*

큰일은 언제나 예기치 못하게 일어난다. 아버지가 교통사고를 당하던 날도, 이도해와 처음 만났던 날도, 그리고 오늘도 마찬가지였다.

아침부터 아이들은 짐짓 심각한 표정을 지으며 자기들끼리 무언가를 떠들어 댔다. 어떤 여자애에 대한 이야기였다. 아침 댓바람부터 그 애가 울었다는 소리였지만, 나와는 크게 상관없었다.

하지만 다른 애들은 남의 일에 관심이 많았고 둥그렇게 모여서 계속 아침의 일을 수군거렸다. 떠드는 무리에는 김동휘와 김민우도 있었다. 특히 김동휘는 무리의 중심에 있었는데 소문이라면 사족을 못 쓰는 애답게 벌써 전모를 다 알고 있는 듯했다. 나는 아이들 사이를 헤치고 내 자리에 책가방을 놓았다. 끼이익. 의자가 끌리는 소리에 김동휘가 이쪽을 봤다.

"율, 너도 못 봤냐. 대박이었는데."

"야야, 김동휘. 빨리 이어서 말해. 왜 울었는데?"

"서진욱한테 고백했다 차여서!"

김동휘의 통쾌한 웃음소리가 교실에 메아리쳤다. 교실 안의 모두가 들을 수 있을 정도로 큰 소리였다. 나는 한마디 말도 않았지만 김동휘에게 내 태도 따윈 중요하지 않았다. 어차피 김동휘가 노리는 청자는 내가 아니라 이 반의 모두였으니까.

"기말고사가 다다음 주인데 누가?"

"김지민."

어디선가 들어 본 이름이었지만 누군지는 몰랐다. 어쩌면 우리 반 애일 수도 있겠다. 하지만 나는 반 애들 이름을 외우고 있지 않았고, 굳이 외우려는 노력도 하지 않았다. 반면 다른 애들은 모두 김지민이 누군지 아는 것 같았다. 이름이 공개되고 교실이 한차례 술렁이는 걸 보면 그랬다. 곧 아이들은 김지민이라는 애를 소재로 대화에 열을 올렸다. 하지만 딱 한 명, 입이 얼어 있는 애가 있었다. 김민우였다.

"오늘 나 좀 일찍 왔거든? 근데 서진욱 자리에서 걔가 어슬렁거리더라? 오늘따라 명품으로 휘감고서. 그때 감이 왔지. 고백하려나 보네, 하고. 근데 진짜 밖으로 불러내는 거야. 그래서 내가 몰래 따라가 봤는데……."

김동휘가 낄낄거리며 몰려든 아이들에게 고백 장면을 재연했다. 주변에서 비웃는 소리가 들려왔다. 웃음소리는 자발적 광대인 김동휘에게는 최고의 찬사였다.

"근데 서진욱이 걔를 보더니 뭐라는 줄 알아?"

"됐다고. 그만 말해. 사람 말 안 들리냐?"

얼굴이 새하얗게 질린 김민우가 말을 가로막았지만 김동휘는 멈추지 않았다.

"'미안. 넌 나랑 안 어울릴 것 같아.'래. 개웃겨!"

곳곳에서 김지민을 까내리는 소리가 들려왔다. 적이 많았던 건지 시샘이 많았던 건지, 아니면 둘 다였는지. 비웃음이 교실을 가득 채우고 벽을 넘어 옆 반, 그 옆 반, 그 옆옆 반까지 뻗쳤다. 대체 어느 부분이 그렇게 우스운지, 밀려오는 소란에 머리가 아프기만 했다. 모두가 웃는 가운데 김민우만 몸을 바들바들 떨었다. 곧 김민우에게서 알 수 없는 열기가 뿜어져 나오고, 바람 소리와 함께 김동휘의 멱살이 잡혔다. 욕설은 덤이었다.

"조용히 좀 하라고 했잖아, 새꺄."

"뭘 그렇게 반응하냐? 누가 보면 네가 서진욱한테 고백한 줄."

"야."

"왜. 차라리 잘된 거 아냐? 너 김지민 좋아했잖아."

"너 오늘 뒤지고 싶어 환장했구나."

김민우와 김동휘가 말다툼을 하는 건 일상이었지만 오늘은 예삿일이 아니었다. 한껏 부풀어 오른 풍선이 터지기 몇 초 전, 얇은 고무가 투명하게 제 속을 내비칠 때와 같았다. 저대로 놔두면 주먹질까지 할 기세였다. 나는 김민우와 김동휘가 서 있는 곳을 보았다. 불행히도 내 자리와 아주 가까웠다.

"싸우지들 마."

김동휘의 팔을 끌고 내 자리에서 떨어뜨렸다. 괜한 피해를 보는 건 사절이었다.

"안 싸워, 안 싸워. 얘가 분조장이라서 그래."

"분조장? 뭐, 새꺄?"

"분노 조절 장애라고. 내가 그것까지 친절히 설명해 줘야 아냐? 그 지능으로 의대는 무리겠다, 김민우."

그러나 야속하게도 둘은 내 뜻대로 움직여 주지 않았다. 끝끝내 주먹이 올라가고, "야, 싸움 났다!" 주변에 있던 누군가가 열기를 부추겼다. 개떼처럼 모여든 아이들이 둘을 둘러싸고 함성을 질렀다. 의자가 밀리고 몸이 부딪혔다. 툭툭 건드리던 손짓이 거세지고 구경꾼들의 체온은 더욱 올라갔다. 세상에서 제일 재밌는 구경거리는 불구경과 싸움 구경이라던데, 이 꼴을 보니 그 말이 딱 맞았다. 이제 둘은 주먹질을 하고 있었다. 코피가 튀었다.

"재넨 아침부터 왜 저런대."

욕설이 난무하는 교실에 서진욱의 목소리가 들렸다. 그 많던 구경꾼들을 다 밀쳐 내고 온 건지, 아니면 구경꾼들이 알아서 자리를 내준 건지, 언제부턴가 인기척도 없이 내 옆에 서 있었다.

"안 말렸어, 율아?"

서진욱이 건조하게 물었다.

"말려도 안 들을 것 같아서. 잘못하면 나까지 다칠 것 같고."

나도 건조하게 대답했다. 나처럼 자리 잡고 지켜보기만 하는 서진욱이 물을 일은 아니었으니. 말 끝나기 무섭게 기어코 책상이 도미노처럼 무너졌다. 무너진 자리를 피해 애들이 서둘러 흩어지고 나와 서진욱도 한 발자국 뒤로 물러섰다. 다행히 내 책상은 멀쩡했다. 역시…….

"피해자보다는 방관자가 나아."

계속 생각했던 것이었다. 그날 죽은 사람이 아버지가 아니었다면 좋았을 텐데. 나도 나를 쳐다보던 그 사람들처럼, 스쳐 지나가던 그 사람들처럼 지나칠 수 있다면 좋았을 텐데. 그래서 나는 이런 순간이 차라리 나았다. 오롯이 남의 것인 순간이.

서진욱은 나를 물끄러미 바라보다가 절뚝거리며 걸음을 옮겼다. 치열한 싸움터 안쪽을 향해서였다. 무슨 심경의 변화였을까. 하지만 내가 서진욱의 마음을 이해할 수 있을 리 만무했다. 서진욱이 김민우와 김동휘 사이에 서서 뭐라고 소리치는 모습이 보였다. 난리 통이 서서히 정리되기 시작했다. 고래고래 고함을 지르던 김민우는 입을 다물었고, 김동휘는 주먹질을 멈췄다. 싸움을 보며 열을 올리던 아이들이 서진욱에게 환호를 보냈다. 이중적이었다.

나는 이중적이고 모순적인 군중 사이를 두 손으로 헤치며 나아갔다. 빽빽하게 모인 사람들 틈을 비집는 일은 들어올 때보다 나갈 때가 훨씬 힘들었다. 그렇게 나아가는데 어떤 애가 중얼거리는 소리가 들렸다.

"봐. 가만히 있으면 어차피 누군가 해결한다니까."

교실 가장 구석까지 빠져나와 뒤돌았을 때, 나는 아득함을 느꼈다. 바닥없는 곳으로 한없이 추락하는, 그런 아득함이었다.

낯선 눈빛

점심시간, 매점에서 과자를 한 봉지 사 들고 옥상으로 갔다. 이도해가 있을 거라고 생각했기 때문이었다. 이도해와 있으면 현실이 아니라 다른 우주에 있는 것만 같았다.

이도해는 세상과 동떨어진 존재였다. 어찌나 동떨어졌는지 나는 가끔 이도해가 일부러 현실을 지우려는 것 같다는 생각마저도 들었다. 다른 애들이 그토록 열을 올리는 입시니 선행이니 하는 것들도 이도해의 입에는 한 번도 오르내린 적이 없었다. 자신이 실은 다른 별, 이를테면 북극성 같은 곳에서 왔다는 허무맹랑한 말도 어쩐지 믿을 수 있었다. 나는 오늘도 발밑에 펼쳐질 우주 공간을 기대하며 옥상 문을 열었다.

하지만 몇 번을 둘러봐도 우주 공간은 없었다. 평범한 하늘과 칙칙한 회색빛 옥상 바닥만 보일 뿐이었다.

그런데 특이한 소리가 들렸다. 훌쩍거리는 소리였다. 그 소리의 주인이 내 바짓가랑이를 잡아챘다.

"너 뭐야."

이도해보다 높고 쩌렁쩌렁하게 울리는 목소리를 가진 애였다. 얼굴은 익숙했지만 이름은 몰랐다. 그러나 그 여자애는 나를 아는지 대뜸 삿대질을 하며 소리를 질렀다.

"너도 나 놀리러 왔지. 김동휘도 아주 신이 나서 놀리던데. 왜, 네 친구한테 차이니까 꼴좋고 우습냐?"

그 말을 듣고 눈앞의 여자애가 김지민이라는 사실을 깨달았다. 어쩐지 교실 자리 하나가 계속 비어 있더라니, 하루 종일 옥상에서 혼자 이러고 있었나 보다.

"그래. 아예 욕을 해라. 뒷담 같은 거 까지 말고 면전에 대고 욕을 해."

내가 대답이 없는 것이 마음에 들지 않았는지 김지민이 얼굴을 일그러뜨렸다. 그러다 갑자기 머리를 쥐어뜯으며 발작적으로 소리쳤다.

"나, 끄읍, 나는, 흑, 서진욱이 이 학교에 전학 왔을 때부터 좋아했어. 계속, 끅, 좋아했다고!"

이대로 있다가는 괜히 귀찮은 일에 휘말려 아까운 시간만 보내게 될 것 같다고 직감했다. 나는 한걸음 뒤로 물러섰다. 남의 이야기를 들어 주는 것은 내 취미가 아니다. 오히려 그건 고문이었다. 나는 타인의 감정을 이해하고 싶지 않았다. 나의 일만으로도 벅찼다. 그래서 탈출을 시도했으나 김지민이 내 바짓단을 억세게 잡은 통에 실패했다.

“진짜 안 받아 줄 거라고는, 사, 상상도 못 했어. 내가 지금껏 얼마나 노력했는데. 언니한테까지 부탁해서 가장 비싼 거로만 신경 써서 꾸미고 나왔는데. 흑, 살, 살도 뺐어.”

김지민이 왜 차였는지 짐작 가는 바가 있었다. 서진욱은 자기가 가난하다는 사실에 콤플렉스가 있어 보였으니, 김지민의 사치스러운 차림에 열등감을 느꼈을 터였다. 하지만 그걸 얘가 알 리 없었다. 서진욱과 열등감. 상당히 어울리지 않는 단어의 조합이긴 했다.

“나쁜 서진욱, 히끅, 그렇게 쪽을 주냐. 나쁜 놈, 진짜, 나쁜 놈. 나 이제 학교 모, 못 다녀. 자퇴할 거야.”

김지민이 나를 잡은 채로 손을 마구 흔들어 댔다. 그 탓에 과자 봉지가 김지민의 머리를 치고 바닥에 떨어졌고, 우는 소리가 더 심해졌다. 왠지 내가 진짜 나쁜 놈이 된 것 같았다. 하지만 달래 주려고 엉거주춤 앉으니 김지민이 소리쳤다.

“왜 앉으려고 해. 꺼져!”

나보고 어쩌라는 건지 알 수가 없었다. 가면 가지 말라고 하고 안 가면 안 간다고 뭐라 하고. 답답해서 한숨을 내쉬니 김지민이 바들바들 떨었다. 그래서 떨지 말고 입도 열지 말라고 과자를 건

네줬더니 김지민이 퉁퉁 부은 눈을 가느다랗게 떴다. 달래려던 사람을 도리어 이상한 놈으로 만드는 묘한 눈초리였다.

"안 먹을 거면 됐어."

머쓱하게 손을 치우려는데, 김지민이 빠르게 과자를 낚아챘다. 김지민은 말도 없이 과자 봉지를 뜯어 한 주먹을 입에 욱여넣었다. 그리고 제대로 씹지도 않고 계속 홀로 중얼거렸다. 대체로 서진욱을 원망하는 말, 애들을 욕하는 말이었다.

"친하다고 생각했던 애는 뒤돌아서면 내 뒷담이나 까고 있고, 웃어 주면 사람을 만만하게 보고……. 네가 점심시간마다 살살 눈치 보면서 안 친한 애들 그룹에 끼는 기분을 알아? 주말마다 월요일이 오지 않았으면 바라고 등굣길이 꼭 지옥 같은 기분은? 모르겠지. 알 수 있을 리가 없어. 아무도 모를 거야."

나는 김지민의 말을 들으며 떠도는 구름을 보았다. 차라리 옥상에 온 게 내가 아니라 김민우였다면 좋았을 텐데. 걔라면 이 상황을 잘 이용하여 기회로 만들 수도 있을 것 같았다.

"서진욱은 잘생기고 공부도 잘하고 인기도 많고……. 그러니까 걔랑 사귀면 애들이 나 무시하지도 않을 거고……. 다 잘될 줄 알았는데…… 변할 수 있을 것 같았는데……."

남에게 쏟아붓던 험담과 비난과 저주가 이번에는 자신에게로 향했다. 김지민의 목소리가 점점 작아졌다. 옥상에 정적이 감돌기 시작했다. 곧 훌쩍이는 소리조차 들리지 않았다. 김지민이 몸을 웅크리고 머리를 무릎 깊이 파묻었기 때문이었다.

침묵은 무겁고도 깊었다. 차라리 화를 내거나 뭐라고 소리를 지르는 편이 훨씬 나았다. 나는 잠시 머뭇거리다가 입을 열었다.

"나도 너랑 별반 다른 거 없어."

솔직히 말하자 김지민이 고개를 들었다. 곁눈질로 김지민의 얼굴을 보았다. 퉁퉁 부어서 몰랐는데 김지민의 눈은 생각보다 둥글었다.

"네, 네가 뭘 알아."

김지민이 더듬거렸다. 주의를 기울이지 않으면 알아듣기 힘들었지만 침묵보다는 나았다. 방금 전까지는 꼭 죽어 있는 것만 같았다면, 적어도 지금은 김지민이 살아 있는 것 같았다. 나는 안도하며 말을 이어 나갔다.

"인간관계는 어려워."

"그래서 어, 어쩌라고."

김지민은 도리질을 했고, 나는 그런 김지민을 바라보다가 멀리 허공으로 시선을 옮겼다. 새 한 마리가 하늘을 가로질러 뒷산으로 날아가는 모습이 보였다. 구름 한 점 없는 하늘을 아주 높이 날고 있었다. 곧 지구 끝에 닿을 것만 같았다.

"……서진욱도 애들도 열받아. 근데 더 열받는 건 나야."

까드득거리는 소리가 들렸다. 김지민이 손끝으로 옥상 바닥을 긁고 있었다. 분홍빛 매니큐어를 칠한 손톱이 흉하게 까졌다. 김지민이 크게 심호흡했다. 떨리던 목소리가 점차 가라앉는 것이 느껴졌다.

"네 말이 맞아. 아무것도 달라지지 않겠지. 난 그냥 어리광을 부리고 있는 걸지도 몰라. 학교가 싫어서 서진욱 핑계를 대고 도망쳤던 거야. 맞서 싸울 땐 맞서 싸워야 하는데."

김지민이 소매로 자기 얼굴을 문질렀다. 손톱에 김지민의 뺨이 길게 긁혔다. 하지만 김지민은 아랑곳하지 않고 얼굴을 닦아 댔다. 나는 숨을 쉬는 것도 잊고 김지민을 쳐다보았다. 손등 사이로 언뜻 보이는 눈빛이 강렬했다. 김지민의 두 눈에 눈부신 햇살이 가득 담겨 있었다. 긴 갈색 머리카락이 바람에 물결쳤다.

"진짜 볼품없다, 나."

김지민의 웃음소리가 들렸다. 그건 스스로에 대한 조소였다. 하지만 내겐 그 웃음소리가 너무나도 개운하게 들렸다.

"야."

김지민은 치마를 툭툭 털어 내곤 자리에서 벌떡 일어섰다. 오래된 철문이 열리고, 김지민의 뒷모습이 내게 고했다.

"빚진 건 갚을게."

문이 닫혔다. 나는 한동안 닫힌 문에서 시선을 떼지 못했다.

김지민은 울면서도 금세 일어섰다. 자신의 나약함을 마주 볼 수 있는 사람은 극복할 준비가 되어 있다. 나 같은 거랑 다르게.

강한 사람이 되려고

딱, 따닥. 창 너머에서 거친 소리가 들린다. 정확히는 집 앞 벚나무의 굵은 가지에서. 밤색 깃털에 긴 꽁지를 가진 새 한 마리가 초저녁부터 새벽녘까지 나무를 쪼아 댔다. 그 소리가 아주 큰 덕분에 밤을 홀로 지새우진 않았다.

"아들, 아직도 못 잤어?"

퀭한 얼굴을 한 엄마가 비척비척 다가왔다. 헝클어진 머리, 입에서는 술 냄새가 왈칵 풍겼다. 회식을 했다더니 아주 거하게 마신 모양이었다.

"저거 뭔 새야? 계속 딱딱대네. 이 밤중에 말이야."

"딱따구리는 아닌 것 같은데."

"내일도 저러는 거 아니겠지? 가뜩이나 김 부장이 쪼아 대서 정신이 없는데 잠도 한숨 못 잤네. 아휴. 회사를 때려치울 수도 없고. 저놈의 모가지를 확 꺾어 버리든가 해야지."

엄마가 눈썹을 찌푸리더니 양손을 높게 들어 비트는 시늉을 했다. 하지만 그것도 잠시, 나와 눈이 마주치자마자 말아 쥔 손을 재빨리 풀었다. 큼큼. 어색한 헛기침이 울렸다.

"몇 시간이라도 자. 엄마가 재워 줄게."

"됐어. 나 다 컸어."

"내 눈엔 아직도 아기야."

엄마는 가볍게 내 볼을 꼬집고는 침대 안으로 비집고 들어왔다. 초등학교 입학 기념으로 아버지가 사 준 침대는 한참 성장기인 나와 평균보다 키가 큰 엄마가 눕기에는 너무 좁았다. 조금의 틈도 없이 엄마와 내 몸이 찰싹 달라붙었다. 숨 막혀. 그리 중얼거리며 밀어내려 했지만 엄마는 엉덩이를 씰룩거리며 나의 작은 반항을 거뜬하게 제압했다.

"어쭈. 이게 엄마를 침대에서 떨어뜨리려 해?"

"좁아."

"좁기는. 침대 산 지 얼마 안 됐는데. ……아닌가?"

"초등학교 입학식 때 샀어."

"시간이 벌써 그렇게 됐네. 이 침대, 네 아빠랑 사러 갔었지."

엄마는 자기가 말을 꺼내 놓고 화들짝 놀란 듯 말끝을 흐렸다. 엄마의 안면 근육이 경련하는 몇 초 동안 잠시 내 방의 시간이 멎었다. 아버지가 죽은 후 가끔 있는 일이었다. 그래서 해결법도 알고 있었다.

"엄마가 살쪄서 그래. 저리 가."

나는 김동휘가 농담을 건네는 투를 따라 하며 가볍게 야불거렸다. 그럼 분위기는 몽글몽글하게 풀어지고 엄마는 짐짓 화난 얼굴을 했다. 하지만 정말로 화가 난 것은 아니다. 엄마의 입꼬리가 올라가 있었으니까.

"너 내가 엄마니까 봐 주는 거야. 여자 친구한테는 그런 말 하면 안 돼."

"그런 일 없어."

"오늘 여자애한테 선물 받아 왔으면서."

종례 후 내 신발장에 매점 쇼핑백이 놓여 있었다. 쇼핑백 속에는 과자 몇 봉지와 사탕, 초콜릿이 들어 있었다. 처음에는 내 자리에 잘못 놓인 줄 알았는데, 무미건조하게 '상담값'이라고 적힌 노란 포스트잇을 발견하고 누가 그랬는지 짐작할 수 있었다. 애들이 수군거려도 5교시부터는 꿋꿋이 교실에 앉아 있던 김지민일 것이다. 빚진 건 갚는다더니, 반나절도 안 되어 몇 배로 갚았다. 하여튼 대단한 애다.

"여자 친구 아니라고."

그러나 사실을 말해도 엄마는 영 믿지 않는 눈치였다. 나는 김지민이 서진욱에게 고백했다 차이고, 그 한탄을 들어 준 대가로 과자를 받았다는 걸 구구절절 설명하려다 관뒀다. 내게 여자 친구가 생겼다고 굳게 믿어 반짝이는 저 눈망울을 보아하니, 말해봤자 내 입만 아플 것 같았다.

"알았어. 그치만 혹시라도 생기면 모든 말에 신중을 기해야 해."

특히 몸무게 같은 건 더. 엄마가 눈을 장난스럽게 찡긋거렸다. 김지민이 서진욱한테 잘 보이려고 꾸몄다는 말을 들어서 그런가 엄마의 말에 납득이 갔다. 하지만 모든 사람이 그런 건 아니라고 생각한다. 우선 엄마만 해도 안 그러니까.

"엄마는 그런 데 신경 안 쓰잖아."

"나도 옛날에는 외모에 예민했어."

"그럼 지금은 왜 안 예민한데?"

"꾸미는 것도 여유가 있을 때나 하는 거지. 그런 거 하나하나에 신경 곤두세우면 세상 못 살아. 어른은 책임질 게 많으니까."

엄마는 무덤덤하게 말하며 나를 꼭 껴안았다. 가까이서 본 엄마의 얼굴에는 전보다 더 주름이 자글자글했다. 엄마 어깨에 고개를 묻었다. 입안이 썼다. 문득 아버지 장례식에서 나를 안고 울던 엄마가 떠올랐다. 엄마는 내가 보지 않는 곳에서 몇 번이나 무너졌을까. 산다는 건 왜 이리 가혹한 일일까.

"……학교는 요즘 어때?"

"다닐 만해."

"진욱이랑 동휘랑은 잘 지내? 아, 민우도."

"응."

다행히 쓴맛이 혀에 찌들기 전에 엄마는 나를 생각 속에서 끄집어냈다. 학교 얘기도 퍽 달지는 않았지만, 입에 못 댈 정도는 아니었다.

"친구들이랑 친하게 지내. 다 좋은 애들 같더라. 특히 동휘는 엄청 웃기던데. 아주 엄마랑 코드가 딱 맞아. 언제 한번 집에 데려와. 엄마가 맛있는 거 해 준다고 그래."

"됐어. 자기들이 알아서 먹고 다니겠지."

"알아서 먹기는. 넌 엄마가 챙겨 주지 않으면 하나도 안 먹으면서. 학교 갔다 오면 네가 뭐라도 챙겨 먹어. 엄마가 과일 사다 놨어. 자두 괜찮지? 시다고 안 먹지 말고, 요즘 제철이야. 아, 손은 꼭 씻고 먹고. 장염 유행하더라. 엄마 동료가 말이지, 글쎄 급성 장염에 걸려서 이틀이나 결근하고 오더니 사람이 삐쩍 말랐지 뭐야."

재워 주러 왔다면서 엄마는 말이 너무 많았다. 그것도 다 잔소리뿐이었다. 하지만 자장가로서는 퍽 좋았다. 내가 말이 없자 엄마는 꾸중하면서도 배 위에 홑이불을 덮어 주었다. 나보다 조금 거친 손이 내 머리를 쓰다듬었다. 내가 고른 숨소리를 낼 때까지, 그래서 완전히 잠든 것처럼 보일 때까지 계속.

"엄마가 항상 미안해."

그리고 엄마가 조용히 속삭였다. 엄마는 늘 내가 잠들어 있을 때 이런 소리를 했다. 깨어 있을 때는 안 그러고 잠들어 있을 때만. 각자의 아픔을 서로가 알지 못하게 하는 것. 그래서 말 대신 침묵으로 표현하는 것. 그게 엄마와 나의 공통점이었다. 그리고 생존 전략이기도 했다.

우리 가족은 이제 둘뿐이니까, 남들에게 절대 약한 모습을 보여서는 안 된다. 지금은 엄마가 나를 지켜 주지만 엄마는 늙어 가고, 필연적으로 언젠간 나보다 약해질 것이다. 그때가 닥치기 전에 나는 강해져야 한다. 감정을 죽이고, 타인을 버리고, 오직 나의 이득만을 위해서. 그래서 지금까지 강한 인간이 되기 위해 달려왔다. 그런데 요즘은 이런 생각이 든다.

강하다는 건 대체 뭘까?

따다다닥, 따닥. 밖에서는 여전히 새가 나무를 쪼고 있었다. 엄마는 어느새 내 침대 옆에 이부자리를 펴놓고 드세게 코를 골면서 자고 있었다. 나는 혹여 엄마가 깰까 목석처럼 누워 코 고는 소리를 들었다. 들으면서 소설로 쓰기에 괜찮아 보이는 문장 몇 줄을 떠올렸다.

새는 계속 쪼아 댔다. 틈새를 쪼고 또 쪼아 댔다. 고목이 있던 곳에는 까맣게 썩어 버린 톱밥만 간간이 흩날릴 뿐이었다. 새는 절망했다. 더 이상 먹이를 찾아 날 힘이 없었다.

우리 사이 거리

비가 내린다. 세찬 바람이 교실 창문을 깰 듯이 두드렸다. 칠판에는 네모 칸이 스물여섯 개, 교탁에는 제비뽑기 상자 하나.

"오늘 자리 바꾼다. 1분단부터 나와."

매달 찾아오는 자리 바꾸기 시간. 아이들에게 시험 다음으로 중요한 이벤트였다. 모두 침을 삼키고, 발발 떨리는 손으로 종이를 편다. 그리고 '아싸!' 혹은 '아, 젠장.' 저마다 탄성을 지른다. 개중에는 원하는 자리에 앉으려고 교섭을 시도하는 아이도 있었다. 이제 내 차례. 제비를 뽑았다. 1분단 맨 뒷자리, 창가 바로 옆. 칠판을 보았다. 서진욱은 2분단 앞자리, 김동휘는 4분단 뒷자리, 김민우는 3분단 중간 자리. 모두 뿔뿔이 흩어졌다. 이전 같으면 옆자리에 앉으려고 온갖 교섭과 협상에 기를 썼을 텐데, 이번에는 조용하다.

그날 나는 싸움에 가세하지는 않았지만, 여파는 나에게도 미쳤다. 가끔 먼저 말을 걸어오던 서진욱과의 대화는 눈에 띄게 줄었고, 김동휘는 원래 나랑 안 놀았고, 김민우는 음울한 얼굴로 혼자 다니기 시작했다. 우리 사이의 균열은 이제 모르는 사람 눈에도 훤히 보일 정도로 커졌다. 아마 이 친구 관계는 곧 완전히 깨지겠지. 나는 담담히 추측했다.

"다 됐지? 짐 옮기자."

선생님의 말을 시발점 삼아 아이들이 분주히 움직였다. 나도 가방을 싸고 교실 뒤로 향했다. 내 옆자리는 김지민. 며칠이 지났건만 아직도 눈이 부어 있었다. 어쩌면 오늘도 울고 등교했을지도 모르겠다. 나는 책을 정리하고 있는 김지민에게 예의상 인사를 건넸다.

"안녕."

하지만 김지민은 대꾸도 없었다. 콧잔등에 반창고를 붙인 김민우만 이쪽을 곁눈질할 뿐이었다. 김지민과 안면을 텄다고 생각했는데, 조금 무안해져서 자리에 앉았다. 떠들썩한 녀석들이 없어서 그런가, 새로운 자리는 고요했다. 익숙한 소음이 없으니 기분이 묘했다. 어색함을 실은 채 시간은 흘렀다. 어느새 조례가 끝나고 1교시 시작. 모두의 시선이 선생님과 칠판이 있는 앞을 향했다. 아무도 내가 있는 뒷자리에는 시선을 두지 않았다. 그때를 기다린 듯, 노란 포스트잇 한 장이 옆에서 책상을 넘어왔다.

안녕.

또박또박 정갈한 여자애 글씨체. 어이가 없어서 옆을 보았다. 노란 포스트잇의 주인, 김지민도 나를 마주 보았다. 나는 선생님에게 들키지 않게 작은 목소리로 벙긋벙긋 말했다.

"무시하더니 웬 쪽지야?"

그러자 김지민이 검지를 치켜들고 쉿! 하며 끄적였다.

나 때문에 김민우랑 김동휘 싸웠다며. 나랑 말 섞다가 너네 사이 더 나빠지면 어떡하려고.

쪽지가 은밀하게 내 쪽으로 건너왔다. 무슨 비밀 작전 수행하는 것도 아니고. 나는 눈을 깜빡이다가 펜을 들었다. 그리고 포스트잇 귀퉁이에 한 자 한 자 꾹꾹 눌러썼다.

너 때문에 싸운 거 아닌데.

내용을 확인한 김지민은 입을 삐쭉 내밀었다.

사람이 배려해 줘도 난리야.

얜 왜 삐졌대.

점심시간. 서진욱이 앉은 자리는 여느 때보다 더 많은 아이들로 둘러싸여 있었다. 누구는 서진욱에게 입에 발린 칭찬을 하고, 또 누구는 우리가 싸운 이야기를 꺼내며 이간질을 했다. 속내는 모두 서진욱의 인기에 편승하여 학급 내 자기 서열을 높여 보고자 하는 것이다. 서진욱은 같은 반 여자애한테 고백받았을 뿐 아니라 큰 싸움을 단신으로 멈춘 위업을 단 하루 만에 달성했으니까. 아부 떠는 애들의 모양새가 꼭 선박에 붙은 따개비들 같았다. 지난날엔 내가 저 따개비였겠지.

이번에는 누군가가 고백 사건 이야기를 했다. 이제 외워 버린 이름이 들렸다. 김지민. 그러자 국을 한술 뜨던 김지민이 수저를 내려놓았다. 밥이 반 이상 남았는데도 말이다. 위태롭게 입술을 꾹 다문 김지민의 모습이 어쩐지 꼴 보기 싫었다.

"과자는 잘만 먹더니."

남들이 듣기에는 혼잣말이었을 것이다. 김지민에게는 아니었겠지만. 내 말소리를 들은 김지민이 오만상을 찌푸리며 수저를 다시 들었다. 곧 김지민의 식판이 깨끗하게 비워졌다. 국물 한 방울 남지 않았다. 김지민이 '다 먹었다. 이제 됐냐?'라는 식으로 날 보며 한쪽 눈썹을 추켜세웠다. 나는 고개를 끄덕여 줬다. 그러자 김지민은 떨떠름한 얼굴로 고개를 돌렸다.

점심을 다 먹고 나서는 딱히 할 일이 없었다. 휴대폰도 재미없고 가만히 앉아 있는 것도 성미에 차지 않았다. 내 옆을 힐끔 봤다. 김지민은 이전처럼 여자애들이랑 삼삼오오 모여 떠들지 않고 책상에 엎드려 자고 있었다. 밥도 자리에서 혼자 먹었으니, 이제 여자애들이 아예 무리에 끼워 주지 않는 걸지도 모른다. 그래도 김지민은 씩씩했다. 아무리 힘들어도 결국 자기 자리를 지키고 있을 애였다.

'아주 멀리 가고 싶어. 아무도 날 못 찾게.'

반면 이도해는 잠깐 시선을 떼면 영영 사라져 버릴 것만 같은 애였다. 덧없고 무상했다. 그러고 보니 이도해를 못 본 지 꽤 되었다. 이도해네 반에 가 보려고 자리에서 일어섰다. 나를 붙잡고 어디 가냐 묻는 사람이 한 명도 없었다. 사이가 멀어진 게 이런 점에서는 편했다.

친구

복도를 거닐며 여러 학급을 지나쳤다. 아이돌 노래를 크게 틀어 놓고 춤판을 벌이는 반도 있었고, 시끄럽게 욕을 해 대는 반도 있었다. 교무실에서는 커피포트에 물 끓이는 소리가 들렸다. 커피 드실래요? 수학 쌤 목소리도 들렸다. 그리고 3학년 1반. 맨 앞도 아니고 뒤도 아닌 어중간한 자리에 홀로 긴팔, 두드러지는 한 사람이 보였다. 애들 많은 데서 '북극성'은 그렇고, '이도해'는 싫어한다고 했고. 고심 끝에 내뱉은 호칭은 단순하기 그지없었다.

"야."

1반 애들이 일제히 나를 쳐다봤다. 너무 포괄적인 호칭이었나. 그나마 다행인 점은 이도해도 나를 쳐다보았다는 것이다.

"나 부른 거지?"

자리에서 벌떡 일어선 이도해가 손끝으로 자기를 가리켰다. 대답 대신 고개를 끄덕이자 목석같던 얼굴에 표정이 생겨났다. 총총 교실 밖으로 뛰어나오는 이도해의 발걸음이 가볍다. 반대로 1반 몇몇 아이들은 표정이 좋지 않았다. 어떤 애는 험악한 얼굴로 나를 빤히 바라봤다. 하지만 그런 반응이 내게는 별로 중요하지 않다. 어차피 누군지도 모르는 애들이었다.

"되게 오랜만에 만난 것 같다."

하루 이틀 사흘 나흘. 나흘밖에 안 됐는데. 교실 밖으로 나온 이도해가 손가락으로 날짜를 헤아리며 실실 웃었다. 나흘. 진짜 딱 그 정도밖에 안 됐다. 체감상으로 이 주일은 된 것 같았는데.

"없으면 기다리게 되네. 친구라는 건."

발걸음이 뒤처졌다. 복도 한가운데에서 방금 내가 무엇을 들었는지를 곱씹었다. 친구?

"왜 그래?"

이도해는 갑자기 멈춘 나를 의아하게 보며 물었다. 나는 아무것도 아니라고 얼버무리고 다시 걷기 시작했다. 나와 이도해의 어깨가 나란했다. 그 나란함이 마음에 들었다.

복도는 오늘따라 시끌벅적했다. 우리 반을 지나 애들이 바글바글 모여 있는 복도 끝까지 오니 말소리가 잘 들리지 않는 지경에 이르렀다. 이도해가 워낙 나지막이 말하는 탓도 있겠지만, 주변 소음이 너무 컸다. 이도해가 다시 무어라 벙긋거렸다.

"너무—어."

"뭐?"

"—다고."

졸지에 청력 테스트를 하는 꼴이 되었다. 목이 걸걸해지는 걸 느끼며 다시 소리를 높이려던 때, 이도해가 나를 잡아끌고 계단으로 향했다. 소음이 점점 멀어졌다. 그러나 이제 좀 잘 들리겠지 싶은 곳까지 왔음에도 이도해는 계속 계단을 내려갔다. 2층을 지나 1층, 심지어는 컴컴하고 눅눅한 냄새가 풍기는 지하까지. 지하 창고의 철문 앞에서 드디어 발이 멈췄다.

"이제 조용하다."

"너무 조용해서 탈인데."

이도해의 목소리도 내 목소리도 웅웅 울렸다. 무슨 콘서트장에 온 기분이었다. 계단에 걸터앉자 먼지가 뽀얗게 일어났다. 나는 코가 근질근질한 걸 참으며 물었다.

"근데 여기 있어도 되는 거 맞아? 오면 벌점이라고 했던 것 같은데."

"벌점 맞아. 여기뿐만 아니라 옥상도 마찬가지고."

"알면서 이런 데만 골라 오네."

"아무도 없잖아."

"아무도 없는 곳이 좋냐?"

"편해."

이도해가 멈칫했다. 그리고 잠시 무언가를 고민하다가 툭 말을 내뱉었다.

"……그리고 안전해."

"안전하다니?"

"혼자면 다른 사람 때문에 상처받는 일 따윈 없을 거 아니야."

이도해는 가벼운 어투로 말했다. 그래서 나도 그 말을 대수롭지 않게 넘기며 대꾸했다.

"그래도 들키면 큰일 나잖아."

"안 들키면 되지."

난 지금까지 한 번도 안 들켰어. 이도해가 가슴을 펴고 자랑했다. 혹여 선생님이 우리를 발견하기라도 할까 전전긍긍하는 나와 달리 편안한 자세였다.

"먹을래?"

계단에 쭈그리고 앉은 이도해가 바지 주머니에서 무언가를 꺼냈다. 편의점 삼각김밥이었다.

"유통 기한 조금 지나긴 했는데 맛은 괜찮아."

이도해가 태평하게 말했다.

"야, 여름인데 그런 거 잘못 먹으면 탈 나."

"어제도 먹었는데?"

이도해가 천연덕스럽게 포장을 뜯어 김밥을 내 얼굴 쪽으로 내밀었다. 나는 고개를 저었다. 냄새가 수상했다. 묘한 쉰내가 나는 김밥을 이도해가 크게 한 입 베어 물었다. 그리고 삼키기도 전에 다시 한 입. 먹는 모습이 전투적이었다.

"너 급식 안 먹었냐?"

"먹었어."

"근데 또 먹어?"

"배고파서."

"집 가서 저녁 먹으면 되잖아."

이도해가 씹는 것을 멈추고 물끄러미 나를 바라봤다. 나는 눈을 끔뻑였다. 이도해와 나 사이에 무언가가 어긋났다는 사실을 알았지만 무엇이 어긋났는지는 도저히 짐작할 수가 없었다.

"왜?"

"……아니야."

이도해는 끝끝내 내게 무엇이 잘못되었는지 말해 주지 않았다. 묘한 얼굴로 남은 김밥을 입안에 털어 넣기만 할 뿐이었다. 이도해는 여전히 내 옆에 쭈그리고 앉아 있었지만 혼자 앉아 있는 것처럼 느껴졌다. 이도해가 지독히도 타인처럼 느껴져서 애꿎은 벽이나 긁어 댔다. 손톱에 까맣게 먼지가 꼈다.

"근데 소설은 어떻게 쓰는 거야?"

나는 손가락을 꿈지럭거리며 물었다. 어색함을 타파하기 위해서였다. 그래서 일단 이도해가 좋아하는 주제로 화두를 꺼내긴 했는데, 너무 맥락 없이 말을 돌린 건가 싶어 눈치가 보였다. 하지만 다행히도 이도해의 얼굴이 방금 전보다 밝았다.

"소설? 관심 없다더니."

"그냥 한번."

"써 봤어?"

공책에 끄적인 문장 몇 줄을 소설이라고 하기에는 민망했다. 그래서 입을 꾹 다물고 딴청을 피웠건만 이도해의 시선은 좀처럼 내게서 떨어질 줄을 몰랐다. 어쩔 수 없이 팔짱을 끼고 허세를 부렸다. 그렇게라도 하지 않으면 이도해에게 지는 느낌이 들었다. 무슨 내기를 한 것은 아니지만 이도해 앞에서는 별것 아닌 일에도 오기를 부리고 싶은 충동이 일었다.

"네 말 듣고 쓴 건 아니니까 오해 마라."

나는 입을 삐쭉댔다. 그게 내 패인이 될 줄도 모르고.

"나 때문이냐고 물은 적은 없는데."

이도해가 재미있는 장난감을 발견한 아이처럼 웃었다. 두 눈이 장난기를 한껏 머금고 있었다. 대화 주제를 잘못 정했다고 뒤늦게 후회했지만 이미 엎질러진 물이었다.

"어라, 왜 이리 크게 반응하지. 수상하게."

"착각하지 마. 그냥 심심풀이야."

"정말?"

"그럼 뻥이겠냐."

"거짓말이 특기라는 사람이 할 말은 아닌데."

"시끄러워."

나는 신경질적으로 소리를 높였다. 하지만 이도해의 웃음기는 더 짙어질 뿐이었다.

"진짜 나 때문인가 보네."

"아니라고."

내가 아무리 부정해도 이도해는 아기 어르는 말투로 "그래. 아니라고 해 줄게."라면서 입꼬리를 더욱 위로 올렸다. 차마 마주 보지는 못하고 애꿎은 바닥만 노려보자, 이도해의 입에서 참지 못한 웃음이 바람 소리처럼 터져 나왔다.

"그만 웃어라."

그러나 웃음소리는 좀처럼 멎지 않았다.

"사람 놀리는 게 그렇게 재미있냐."

이도해는 단 한 마디도 지지 않았다.

"엄청."

그리고 손가락으로 쿡쿡 내 옆구리를 찔렀다. 얄미운 놈. 그 손가락을 꽉 쥐었다. 저 시건방진 입을 다물게 만들 테다.

"야야. 부러져!"

이도해가 엄살을 부렸다. 그 모습이 지극히도 또래 아이 같아서 픽 웃겼다. 입이 크게 벌어졌다. 낯설고도 어색한 웃음소리가 들렸다.

"너도 재미있으면서."

이도해가 나를 보며 말했다. 그제야 이것이 내 목구멍에서 나는 소리임을 알았다. 알자마자 입을 다물었다. 웃는 얼굴이 이상하지는 않으려나. 하지만 그런 우려를 불식하듯 이도해가 다시 웃기 시작했다. 내가 웃었던 것처럼 크게. 웃음은 전염된다. 적어도 진짜 웃음은 말이다.

"주인공이 너라고 생각하고 쓰는 건 어때? 네 소설에 너라는 사람을 섞는 거야. 평소에 생각하는 거나 지나간 감정의 단면 같은 것들 말이야. 네 마음이 단어가 되는 거지."

한바탕 웃음바다가 지나가고, 이도해가 말을 꺼냈다. 그건 내가 전혀 예상치 못한 말이었다. 내가 주인공인 소설 따위가 좋을 리 없었다. 메마르고 지루한 이야기가 될 게 뻔했다.

"나 같은 게 주인공이면 재미없을걸."

"나는 좋을 것 같은데."

하지만 이도해는 나와 다르게 생각하는 것 같았다. 진짜 내가 꽤 재미있는 사람이라는 듯, 주인공에 어울리는 사람이라는 듯 말했다.

"너무 어렵게 생각하지 마. 현실이나 소설이나 별반 다르지 않아."

이도해가 지휘자처럼 손을 휘둘렀다. 손끝이 유려한 곡선을 그렸다.

"사람은 각자 스스로 부여하는 이야기 속에 살아. 현실을 아름답다고 생각하는지 끔찍하다고 생각하는지, 어떤 이야기를 적용

하느냐에 따라 그 사람의 삶은 180도 달라지는 거지."

눅눅한 냄새가 나는 잿빛 계단 아래. 빛도 들지 않는 구석. 지금 우리가 대화하고 있는 곳. 하지만 이도해에게는 시궁창도 낭만적인 단어가 될 것 같았다. 나는 이도해의 까만 눈동자를 몰래 힐끔거렸다. 난생처음 타인의 시선이 궁금해졌다. 저 눈에는 이 세상이 어떻게 보일까.

"그냥 네가 소설가 하지 그러냐."

"난 너만큼 웃기지가 않아서."

이도해의 얼굴에 짓궂은 기색이 번졌다. 나는 그 얄미운 입을 틀어막았다가 이도해가 다신 안 놀리겠다고 맹세하며 등을 두드릴 때가 되어서야 풀어 주었다. 콜록거리는 녀석을 보니 속이 시원했다. 너무 시원해서 점심시간이 끝나 가는 것이 아쉬울 지경이었다. 하지만 시작이 있으면 끝이 있듯, 헤어짐을 알리는 종소리가 울렸다. 5교시는 체육이었다. 체육복 갈아입어야 되는데. 허둥지둥 뜀박질을 하려다가, 나는 몸을 반쯤 비틀었다.

"다음에 또 보자."

그리고 바로 계단을 뛰어 올라갔다. 한 층 올라왔을 무렵 저 아래에서 이도해가 소리쳤다.

"그래!"

이도해가 이토록 크게 소리치는 모습은 본 적이 없었다. 비죽 입꼬리가 올라갔다. 어쩌면 이도해와는 진짜 친구가 될 수 있을

지도 모르겠다. 낯설기만 한 낭만적인 바람이 빙글빙글 나를 맴돌았다. 숨을 크게 들이마셨다. 공기에서 은은한 단맛이 났다.

하지만 그날 이후, 이도해는 어디에서도 모습을 보이지 않았다. 옥상에도, 3학년 1반에도, 지하 계단에도.

이도해는 계속 결석 중이다.

3부

시한폭탄

웅성거리는 소리가 들렸다. 지금은 한밤중이고 나는 홀로 침대에 누워 있는데. 몸을 움직이려 했지만 왜인지 손끝 하나 까딱하기 힘들었다. 무거운 돌덩이가 배 위에 올려져 있는 것 같았다.

소리가 더욱 가까워졌다. 목소리다. 한두 명도 아닌 수십 명의 목소리. 그들이 점점 내게 다가왔다. 나는 무방비하게 놓여 그들이 속삭이는 것을 들을 수밖에 없었다.

아버지.

다시 눈을 떴을 때 나는 침대 밑에 널브러져 있었다. 어느새 목소리는 사라지고 나 혼자 방에 남았다. 이불을 걷어치우고 창문을 열었다. 방금 전 목소리를 뇌리에서 떨쳐 내려 애썼다. 정말로 끔찍한 악몽이었다.

*

마음속 시한폭탄의 시간이 줄어드는 속도가 빠르다. 폭발까지 앞으로 몇 시간 혹은 몇 분. 확실하지는 않지만 얼마 남지 않았음은 분명했다.

요즘 나는 수업에 집중하지 못했고 체육 시간에는 다리를 삐끗했으며 소설도 고작 두어 문장 더 썼을 뿐이었다. 항상 붙어 다녔던 김민우, 김동휘와는 이제 남이 되어 버렸고, 서진욱과는 종종 말을 주고받아도 데면데면했다. 친구라고 말할 만한 유일한 인물인 이도해는 머리카락 한 올 보이지 않았다. 그리고 오늘 새벽에는 악몽을 꾸었다.

나쁜 일이 나쁜 일을 가져오며 악순환이 시작된다. 나는 거기에서 벗어나는 방법을 알지 못했다. 보이지 않는 물이 턱 끝까지 차오른 기분이다. 발버둥 쳐도 나는 여전히 물속에 있고, 더는 소리치는 것도 마음대로 할 수 없다. 감정이라는 것은 그런 것이다. 숨통을 조이는, 그래서 언젠가 나까지 송두리째 날려 버릴 폭탄.

"교과서 펴라. 96쪽."

공간의 전환. 어느새 나는 교실에 앉아 있었다. 딸깍딸깍. 펜을 눌렀다 뗐다 하는 행위를 반복하다 보니 벌써 2시. 잘려 나가듯 시간이 흐르고 나는 다시 펜을 눌렀다. 반복적으로 무언가를 하지 않으면 이 감정이 새어 나올 것만 같았다.

딸깍거리지 마. 집중 안 되잖아.

툭, 노란 포스트잇이 내 앞에 떨어졌다. 손놀림이 멎었다.

미안. 안 할게.

평소보다 악필이다. 정신 상태가 좋지 않으면 몸도 생각한 대로 움직이지 않는다는 새로운 사실을 깨달았다. 비소가 지어졌다. 곧 툭, 다시 포스트잇이 놓였다. 작은 사탕과 함께.

요즘 기분 안 좋아 보이네.

남한테 감정을 들키는 건 유쾌한 일이 아니다. 특히 오늘처럼 우울한 날에는 더.

평소랑 똑같은데.

나는 허세를 부렸다. 건드리지 말라는 간절한 속뜻을 숨긴 허세였다. 하지만 김지민은 그 속뜻을 알아보지 못했다.

서진욱이랑 애들 때문에 그런 거지? 싸움이 오래가네. 걔네는 유치하기도 하지.

그런 거 아니야.

무슨 일 있으면 얘기해도 돼. 네 상담 정도는 해 줄 수 있어.

나는 아랫입술을 짓이겼다. 타인이 나를 이해할 리 없다. 그 증거로, 봐. 김지민은 아무것도 모르잖아. 잘 알지도 못하면서 간섭하는 건 사람을 짜증 나게 한다. 들썩들썩, 끓어 넘치는 감정이 꼭 닫은 마음의 뚜껑을 들어 올리고, 그 틈새로 악의가 새어 나오기 시작했다. 나는 악의를 어떻게든 뒤로 숨기며 꾸역꾸역 웃어 보였다.

돼어. 괜찮아.

하지만 나를 쳐다보는 시선은 좀처럼 떨어질 생각을 하지 않았다. 김지민의 눈빛에 담긴 마음이 걱정이라는 건 알지만 지금은 거북했다. 자꾸 울컥 토할 것처럼 감정이 올라온다. 그때 쪽지 한 장이 더 왔다.

돕고 싶어서 그래. 너도 나 힘들 때 얘기 들어 줬잖아.

억눌렸던 것들이 솟구쳐 올라왔다. 눈 깜짝할 사이였다.

신경 끄라고.

성의 없이 내동댕이친 사탕, 그리고 갈겨쓴 답장. 김지민이 멈칫했다. 일그러진 눈망울이 어른어른 흔들렸다. 하지만 나는 김지민이 받은 상처 따위보다 내 마음의 뚜껑을 닫는 일에 훨씬 더 급급했다. 눈을 감고, 시선을 뿌리치고, 숨을 내쉬고…….

이제 시선이 더 이상 느껴지지 않았다. 김지민이 쪽지를 보내오는 일도 없었다.

이상한 일들

모든 것이 이상하게 돌아갔다. 이도해가 사라지고 나서부터다. 톱니바퀴 하나가 빠져 모든 것들이 어긋난 느낌이다.

반 분위기가 최근 들어 이상하기는 했다. 예를 들어 요즘엔 점심시간에 축구를 하자는 애들이 한 명도 없었다. 예전에는 축구를 하루라도 안 하면 죽는 것처럼 굴었으면서. 이제 학교 운동장은 한산하기 짝이 없었다. 그 대신 아이들은 교실에 모여 자기들끼리 속닥이기 시작했다. 무엇을 속닥이는지는 몰랐다. 내가 물어보려고 다가서면 아이들은 눈치를 보더니 한사코 자리를 피했다. 그럴 땐 항상 근처에 서진욱이 있었다. 나는 아이들이 김지민 이야기를 하고 있다고 생각했다. 김지민 얘기를 하다가 서진욱 때문에 눈치를 보며 입을 다문 것이라고.

하지만 아니었다. 이 주일이나 지난 김지민의 고백에 아이들은 아무런 관심도 없었다. 아이들의 화살은 이제 다른 곳을 향하고 있었다. 화살촉 끝에 서진욱이 있었다는 것을 나는 한참 후에야 깨달았다. 그것도 물리적이고 강제적인 방식으로.

"나와."

갑자기 숨이 막혔다. 눈살을 찌푸리며 쳐다본 곳엔 서진욱이 있었다. 서진욱은 내 멱살을 붙잡고 나를 억지로 일으켜 세웠다. 발끝에 의자가 채여 쓰러졌다. 쿵 하는 소리에 김지민이 놀라 비명을 질렀다. 아이들의 시선이 서진욱과 나에게 모여들었다. 하지만 서진욱을 말리는 사람은 한 명도 없었다.

아무도 없는 학교 뒤편. 차가운 석벽에 등이 세게 부딪혔다. 불꽃이 타오르는 것처럼 서진욱의 눈동자가 타들어 갔다. 말 그대로 살의를 품은 시선.

"네가 말했냐?"

"뭘?"

"모르는 척 빼지 마. 너밖에 없어."

서진욱이 이를 갈며 한 자 한 자 힘주어 속삭였다.

"우리 집이 파리 날리는 슈퍼 한다는 거, 찢어지게 가난하다는 거, 알고 있는 사람 너뿐이야. 너뿐이었어."

비로소 서진욱이 왜 이렇게 화를 내는지 알 수 있었다. 하지만 서진욱은 화를 낼 대상을 잘못 짚었다.

"난 말하고 다닌 적 없어."

"너 아니면 누가 떠벌렸는데."

"그걸 내가 어떻게 알아."

눈 깜짝할 사이 고개가 돌아갔다. 서진욱이 내 얼굴에 주먹을 날렸기 때문이었다. 혀에서 쇠 맛이 느껴졌다. 입안이 터진 것 같았다.

"변명하려면 똑바로 해. 사람 빡돌게 하지 말고. 죽여 버리기 전에."

서진욱이 그 말을 입에 담을 줄은 몰랐다. 그리고 그 말에 내가 차분해질지도 몰랐다. 죽음. 얼음물을 끼얹은 것처럼 머리가 차가워졌다.

"죽여 버린다는 말을 참 쉽게 하네. 실제로 죽여 본 적은 한 번도 없는 주제에."

멱살을 잡고 있는 손이 떨렸다. 맞닿아 있어서 확실히 알 수 있었다. 서진욱은 지금 허세를 부리고 있다는 걸.

"할 말 다 했으면 비켜."

나는 팔을 뻗었다. 그리고 멱살을 움켜쥔 손을 툭.

"협박을 할 거면 떨지나 말든가."

서진욱은 너무나도 손쉽게 밀쳐졌다. 이런 애를 상대로 쩔쩔맸던 게 한심하게 느껴질 지경이었다. 나는 등을 돌렸다. 이대로 교실에 돌아갈 셈이었다. 뒤이어 벌어진 일만 아니었어도 그랬을 것이다.

"야, 내 말 아직 안 끝……."

서진욱은 말을 다 잇지도, 나를 붙잡지도 못했다. 순식간이었다. 서진욱이 넘어진 건. 시퍼런 안색으로 서진욱이 욕을 짓씹었다.

"씹……."

서진욱은 다시 일어서지 못했다. 힘없는 신음 소리가 가늘게 공간을 채웠다. 무언가 크게 잘못된 게 틀림없었다.

보건실로 찾아온 우리의 몰골을 보고 보건 선생님은 기겁을 했다. 누가 봐도 서로 치고받고 싸운 듯 보였으니 놀랄 만도 했다. 나는 맞았냐는 질문에 대답 없이 입가를 가렸다. 손으로 만져 보니 서진욱에게 얻어맞은 뺨이 다른 쪽보다 훨씬 두툼했다.

하지만 내 뺨보다 더 부어오른 것도 있었다. 서진욱의 발목이었다. 내게는 대수롭지 않게 얼음주머니 딱 하나를 건넸던 선생님도 서진욱의 발목을 보고서는 한숨을 내쉬었다.

"그러니까 전부터 병원 가 보라고 했잖니."

소독약 냄새가 코를 절이고 둘둘 말려 있던 붕대가 길게 늘어졌다. 붕대를 감는 손길이 조금이라도 강해지면 서진욱은 벌레처럼 꿈틀거렸다.

"인대 파열인 것 같은데. 심하면 수술해야 될지도 모르겠어."

서진욱의 얼굴이 사형 선고를 들은 사람처럼 삽시간에 수척해졌다. 방학 때 시합이 있는데요. 꼭 나가야 하는데. 서진욱이 웅얼거렸다. 하지만 보건 선생님은 단호했다. 실낱같은 희망을 처절하게 잘라 냈다.

"시합은 무슨. 말도 안 되는 소리 마라."

시들어 가는 꽃처럼 서진욱의 몸이 오그라들었다. 서진욱은 아예 숨을 쉬지 않는 것처럼 보였다. 나도 서진욱을 따라 숨을 죽였다. 오직 보건 선생님만이 살아 있는 것처럼 한숨을 내쉬었다.

"그 다리로 혼자 병원에 갈 수나 있겠니? 안 되겠다. 집에 연락드려야……."

"안 돼요!"

서진욱이 갑자기 크게 소리를 내지르며 보건 선생님의 흰 가운 자락을 붙잡았다. 서진욱의 이마에서는 식은 땀방울이 떨어졌다.

"연락은, 연락은 하지 말아 주세요, 선생님. 저 혼자 갈 수 있어요."

"그러다 무슨 일 생겨서 더 안 좋아지면 나도 곤란해져. 부모님께서도 놀라고 화나시지 않겠니."

"제 부모님은 저한테 관심 없으세요. 연락하실 일도, 학교에 오실 일도 없어요."

보건 선생님과 서진욱은 서로 조금도 물러서지 않았다. 말의 공방이 지속될수록 서진욱의 발목은 부어올라 이젠 운동화에 발이 들어갈 것 같지도 않을 지경에 이르렀다. 그 비효율적인 치료 현장을 바라보다가 충동적으로 말을 꺼냈다.

"제가 같이 갈게요."

애걸하던 서진욱이 멈췄다. 잘못 들은 사람처럼 당황하는 기색이 역력했다. 그러나 정작 말을 꺼낸 나 자신도 당황스럽기는 매한가지였다.

"네가 왜?"

서진욱이 물었다. 글쎄, 왜일까. 나로서도 이유를 알 수 없었다. 본래라면 이건 남의 일, 나는 제삼자. 끼어들지 않고 먼발치에서 지켜보기만 했을 텐데.

"친구가 같이 간다면 마음이 놓이네. 담임 선생님께 말씀드려 둘게."

선생님은 나와 서진욱이 싸운 것을 알면서도 그렇게 말했다. 귀찮은 것을 떨쳐 냈다는 식이었다. 선생님은 후련한 얼굴로 보건실 밖으로 우리를 떠밀었고, 우리는 한참 동안 복도에 덩그러니 서 있었다.

남의 가족

"뭐 하자는 거야."

조퇴증을 제출하고 병원 가는 길. 따끔한 시선이 내게서 떨어질 생각을 하지 않았다. 대답하지 않으니 상대방이 더 시비를 털었다.

"도움 같은 건 필요 없으니까 네 갈 길이나 가지 그래. 착한 척하지 말고."

마음 같아서는 그러고 싶었다. 근데 이미 보건 선생님과 약속해 버린 걸 어쩌라고. 여기가 큰길만 아니었으면 내 입을 찰싹 때렸을지도 모른다. 감정적으로 사는 것이 얼마나 손해 보는 일인지를 오랜만에 다시 체감했다.

"가식 떨지 말고 좋은 말로 할 때 가라. 나한테 붙어 있으면 콩고물이라도 떨어질 줄 아냐?"

마음이 자꾸 골목 어귀로 향했다. 하지만 발은 착실하게 병원으로 가는 대로를 밟았다. 고생을 사서 한다는 게 딱 이 꼴이었다. 서진욱은 계속 내 신경을 건들고, 어깨는 무겁고.

"그냥 버리고 가라고. 같잖은 죄책감 가질 필요 없으니까."

내가 아무 말도 하지 않자 얼씨구 좋다 하고 서진욱이 더 신나게 공격해 왔다. 김민우만 입이 험한 줄 알았는데, 서진욱이 더 험했다. 욕도 잘하고 욕 없이 비꼬는 것도 잘했다. 나는 서진욱을 버리고 가고 싶은 합리적인 욕구가 들 때마다 시선을 내려 서진욱의 발목을 보았다. 너 같은 거 없이도 잘 간다고 큰소리는 뻥뻥 친 주제에 걸음걸이가 매우 느렸다. 대체 누가 가식쟁이라는 건지.

"축구는 안 되겠네요."

하지만 서진욱의 가식도 그 말 앞에서는 무너졌다. 의사는 보건 선생님의 예측대로 인대가 파열되었고 세 달 동안은 깁스를 해야 한다고 말했다. 수술할 정도는 아니라 다행이라고 했지만, 대회에 나갈 수 없다는 말을 들은 서진욱은 무너져 내렸다. 몸이 아니라 눈빛이.

"제발 좀 꺼져."

무너진 서진욱이 병원을 나서는 길에 내게 던진 말이었다.

"우리 집도 이쪽 방향인데."

"꺼지라고!"

대로를 지나가던 사람들이 일제히 이쪽을 쳐다봤다. 큰 도로와 타인의 시선. 떠오르는 그날의 잔상에 마른침을 꿀꺽 삼켰다. 하지만 서진욱은 타인의 존재 따윈 아랑곳 않고 내게 욕을 퍼부었다.

“사람 병신 된 꼴 보니까 좋냐. 좋냐고 개새끼야.”

나는 한 마디도 할 수 없었다. 서진욱이 왜 나를 저런 식으로 쳐다보는지 이해할 수 없었다. 왜 저렇게 억울하게, 그리고 왜 저리 절실하게 바라보는 걸까. 내가 뭘 할 수 있다고.

“서진욱.”

그때 어디선가에서 소리가 들렸다. 걸걸한 중년 남자의 목소리였다. 건널목 맞은편에서 슈퍼 아저씨, 그러니까 서진욱의 아버지가 이쪽으로 건너왔다. 아저씨의 한 손에는 늘 그렇듯 휴대폰이 들려 있었고, 축구 중계방송이 흘러나오고 있었다. 재방송 같았다. 지난번에 보았던 경기 장면과 똑같은 말이 똑같은 톤으로 나오고 있었으니. ‘아쉽네요.’라고.

“너 다리가 왜 그러냐.”

아저씨가 입을 열었다. 지독한 담배 냄새가 났다. 서진욱의 몸이 점점 움츠러들었다.

“……아무것도 아니에요.”

“아무것도 아니긴.”

아저씨는 움츠러든 서진욱을 보며 눈을 게슴츠레 떴다.

“싸웠냐?”

서진욱이 잠시 망설였다.

"아니요."

뻔한 거짓말이었다. 싸우지도 않은 애들이 험악한 얼굴로 대낮에 길거리에서 욕을 할 리는 없으니까. 하지만 아저씨는,

"그러냐."

한 마디 하고 대수롭지 않다는 듯 우리를 지나쳤다. 아저씨 휴대폰에서 멈췄던 중계방송이 다시 흘러나왔다. 해설진들이 "아쉽네요."라고 떠들어 대는 소리가 들렸다. 마치 약을 올리는 것 같았다. 그 소리에 움츠러들었던 서진욱이 주먹을 쥐었다.

"애랑 싸웠어요."

서진욱이 이를 악물고 소리쳤다. 그 순간 아저씨가 멈칫했다. 서진욱의 얼굴에 기대의 빛이 서렸다. 하지만 기대가 절망으로 바뀌는 건 순식간이었다.

"그러냐."

아저씨의 대답은 똑같았고, 서진욱은 목발을 집어던졌다. 그리고 전속력으로 달렸다. 의사가 축구를 하고 싶으면 앞으로 절대 안정을 취하라고 했던 말을 서진욱이 잊을 리 없었다. 그럼에도 서진욱은 절뚝거리며 달렸다. 그게 자신을 해치는 행동이라는 것을 알면서도.

서진욱이 던지고 간 목발이 금속음을 내며 보도블록 위를 뒹굴고 나서야 아저씨가 놀란 얼굴로 뒤돌았다. 서진욱이 기대한 것은 아저씨의 저런 얼굴이었을 거다. 다친 아들을 보고 놀란 부모

의 얼굴. 하지만 아저씨는 너무 늦게 뒤돌아보았다.

아저씨가 돌아본 자리에 남아 있는 것은 뺨에 거즈를 붙인 나와 쓰러진 목발 한 짝이었다. 나는 조심스럽게 목발을 주워 들었다. 뒤늦게 아저씨의 시선이 나에게 향했다. 아저씨는 휴대폰을 끄고, 당황한 기색이 역력한 얼굴로 웅얼거렸다.

"친구끼리는 원래 싸우면서 크는 거야."

하지만 내게 말해도 소용없는 짓이었다. 서진욱은 이제 이곳에 없으니까. 그리고 서진욱은 나와 싸우다가 다친 것도 아니었다.

"쟤는 싸우다가 다친 거 아니에요. 한참 예전에 다쳤어요."

"언제?"

"한 달 전쯤에요."

"어쩌다가?"

"글쎄요. 아마 축구하다가 다쳤겠죠."

목발을 바닥에 두드려 보았다. 다행히 코팅이 벗겨진 것 말고는 멀쩡했다. 아저씨가 그런 말을 하지 않았다면, 나는 아저씨에게 목발을 건네주고 우리 집을 향해 쭉 나아갔을 것이다.

"축구? 진욱이가 축구를 좋아해?"

"축구 선수가 되고 싶대요."

"왜?"

아저씨는 내가 하는 모든 말을 난생처음 듣는 것처럼 반응했다. 나는 서진욱이 아버지에게 자기 얘길 쉬이 하지 않았음을 짐작했다. 그러나 아저씨는 알고 있어야 했다. 슈퍼에서 마주쳤을 때도 축구공을 들고 있던 애였다. 비록 직접 말을 꺼낸 적은 없더라도 행동만으로도 충분히 유추할 수 있는 일이었다. 하지만 아저씨는 자기 아들에 대해 아무것도 모르고 있었다. 즉, 아저씨는 서진욱을 한 번도 제대로 본 적 없다는 뜻이었다.

"아저씨가 자기를 봐 주길 원했나 보죠. 아저씨는 축구에 관심이 많으시니까요."

아저씨가 뻔뻔하게 대꾸했다.

"나는 항상 진욱이에게 최선을 다했어."

아저씨는 진심으로 자신이 서진욱을 잘 보고 있었다고 생각하고 있었다. 웃음이 나왔다. 전혀 웃기지 않은데도 웃음을 흘리지 않고는 배길 수가 없었다. 나는 집으로 향하려던 발걸음을 다른 쪽으로 돌렸다. 서진욱이 달려 나갔던 방향이었다.

"맨날 폰만 보고 계시던데요."

아저씨는 시간이 멈춘 것처럼 거리의 중간에 서서 움직이지 못했다. 서진욱과 내가 싸우던 모습을 구경하며 서 있던 사람들은 어느덧 흩어져 아무 일도 없던 것처럼 아저씨를 지나쳐 갔다.

각자만의 세계

학교 운동장. 서진욱을 찾은 곳은 바로 거기였다. 슬슬 해는 지는데 서진욱은 계단에 웅크리고 앉아 일어날 줄을 몰랐다. 그렇다고 서진욱한테 일어나라고 할 수 없었다. 굽은 등이 간헐적으로 들썩여서였다. 서진욱은 소리를 죽이고 울고 있었다.

서진욱은 언제나 완벽한 사람이었다. 그래서 나는 서진욱을 남몰래 부러워했다. 그러나 지금 내 앞에 있는 애는 내가 부러워하던 애와는 달랐다. 불안하고 심약했다. 하지만 이쪽이 진짜 서진욱이었다. 기묘한 기시감이 들었다.

"그딴 눈으로 보지 마."

서진욱이 두 손으로 자기 얼굴을 가렸다. 나는 죄를 지은 사람처럼 급히 시선을 피했다. 하지만 이미 서진욱은 상처를 입은 후였다.

"내가 불쌍하다는 듯이 쳐다보지 말라고."

뚝뚝. 눈물이 끊임없이 떨어졌다. 씨발, 씨발. 존나 싫어. 싫다고, 전부. 아버지도, 이딴 세상도 다 죽어 버렸으면 좋겠어. 끅끅대는 숨소리 사이에 악에 받친 욕설이 섞였다. 나는 감전된 사람처럼 움직일 수 없었다. 짓무른 눈가, 붕대를 감은 발목, 잔뜩 갈라진 목소리. 지금 서진욱을 이루는 모든 것이 이질적이면서도 익숙했다. 서진욱을 볼 때 느낀 묘한 기시감이 서서히 베일을 벗었다. 이건 동정심도, 죄책감도 아니었다. 동질감이었다.

"불쌍하다고 생각한 적 없어."

서진욱이 움찔거렸다. 이 말을 전하면 서진욱은 갈 곳 없는 분노를 내게 풀지 모른다. 그럼에도 나는 이 말을 하기로 했다.

"내가 널 동정할 이유가 어디 있는데."

서진욱을 불쌍하다고 생각하면 나 자신도 불쌍하게 느껴질 것 같았다. 하지만 난 스스로를 가엽게 여기고 싶진 않았다. 그리고 무엇보다 서진욱은,

"넌 나보다 대단한데."

재능이 많은 애였다. 꿈도 많고 인기도 많고 처세술도 좋고……. 솔직히 고백하면, 나는 아직도 서진욱이 제일 부러웠다. 그러나 서진욱은 생각지도 못한 말을 들은 것처럼 멍한 얼굴로 나를 바라보았다. 비쩍 마른 입술이 머뭇거리며 열렸다.

"……뭐가 대단해. 난 뭣도 없어. 빽도 돈도 든든한 가족도."

"나는 너처럼 다른 애들하고 어울리지 못하고 분위기를 타는 법도 몰라."

"그건 어울린 게 아니라 저울질을 한 거야."

"매사에 최선을 다하지도 않고."

"그럼 뭐 하냐고. 맘먹은 대로 되는 게 하나도 없는데."

"너처럼 한결같이 꿈을 이루려 노력하지도 못해."

"이제 아무것도 못 한다고. 이 다리로 뭘 이룰 수 있겠냐!"

서진욱의 중얼거림은 외침이 되고, 외침은 절규가 되었다. 비통한 절규가 텅 빈 운동장에 메아리쳤다. 울어서 충혈된 두 눈에 핏발이 서고 꽉 쥔 주먹은 손톱이 살갗을 파고들어 핏방울이 맺혔다. 그건 서진욱의 간절함을 보여 주는 증거였다. 그래, 서진욱은 간절했다. 그래서 지금 내게 매달리고 있는 것이다. 다만 내게 무엇을 기대하고 있는지는 알 수 없었다. 깔끔하게 미련을 버리게 해 주어야 하는지, 아니면 무조건적인 희망을 주어야 하는지. 엄마라면 어떻게 말해 줬을까, 이도해라면……. 아니, 아니다. 나는 서진욱의 눈을 똑바로 바라보며 말했다.

"그건 나도 모르지."

내 입에서 튀어나온 건 위로도 격려도 아니었다. '모른다.' 이도 저도 아닌 어중간한 말. 어쩔 수 없다. 나는 어중간한 사람이니까.

"아무것도 못 할지 아니면 무언가를 해낼지는 전부 너한테 달렸으니까."

그래도 이건 나만의 관점이다. 온전한 내 생각이고, 거짓이 아닌 진심이다. 서진욱은 고개를 떨구었고, 나는 축구 골대를 바라보았다. 서진욱에게는 시간이 필요했다. 나는 기다리는 시간 동안 별을 세었다. 그렇게 같은 자리를 스무 번쯤 헤아렸을 때, 서진욱이 입을 열었다.

아버지가 주식으로 전 재산을 날리면서 어머니가 집을 나간 일, 소문이 퍼져 전에 살던 동네에서 왕따를 당했던 일, 그래서 이 동네로 전학 와서는 가난을 숨겼던 일, 점점 무기력해지고 우울해진 아버지가 자신에게 관심을 끊은 일, 축구 경기를 볼 때만큼은 눈을 빛내시던 아버지의 모습, 그래서 축구 선수를 꿈꾸었지만 무리하다가 부상을 입은 일까지. 서진욱은 그간의 사정을 기계적으로 읊었다. 목소리의 고저 없이 그저 담담하게. 그 일대기를 쭉 듣고 있으니 아주 묘한 기분이 들었다. 타인의 인생과 가치관을 가감 없이 마주하는 일은 새로운 우주를 발견하는 일과 같았다. 서진욱이 자신을 있는 그대로 드러낼수록 나는 전혀 다른 세계 속에서 숨 쉬고 있다는 느낌을 받았다.

어쩌면, 아주 어쩌면 말이지, 사람들은 모두 각자만의 세계를 가진 외계인일지도 모른다.

모두가 외계인이라서 우리는 죽을 때까지 서로를 이해하지 못하고, 불안해하고 헐뜯고, 그리고 나를 이해해 줄 사람을 찾아 평생을 헤매는 것이다.

안부 하나

서진욱은 다음 날 목발을 짚고 등교했다. 어제저녁 헤어질 때 모습과 크게 다른 점은 없었다. 그러나 학교는 발칵 뒤집어졌다. 아이들은 싸움의 전후 사정을 모르니 갑자기 깁스를 하고 온 서진욱을 보고 경악을 금치 못했다. 안율이 서진욱을 때려서 저 꼴로 만들었대. 서진욱이 얼마나 싸움을 잘하는데. 싸웠으면 안율이 얼굴 한 대 얻어맞은 걸로 끝날 리가 없지. 깡패들이랑 싸움 붙은 거 아니야? 별별 추측들이 난무했다.

"율아, 안녕."

"어…… 안녕."

그때 서진욱이 살갑게 인사를 건넸다. 어제 이야기를 들어 준 것이 우리 사이의 거리를 많이 좁혔던 것일까. 서진욱은 전보다 내게 친밀하게 굴었다. 그런데 다른 애들한테는 그게 패배와 굴종의 표현처럼 느껴졌나 보다. 수군대는 소리가 커졌다. 이제 정설은 내가 서진욱과 싸워 이겼다는 쪽으로 굳어지는 것 같았다.

"야야, 너 진짜 서진욱이랑 떴냐?"

아니나 다를까, 남 얘기 좋아하는 김동휘가 친한 척 내 옆에 딱 달라붙었다. 어제까지만 해도 모르는 사람처럼 쌩 까더니. 김동휘를 신호탄으로 눈치만 보던 애들도 슬금슬금 주변으로 몰려들었다. 의심스러울 정도로 안절부절못하고 있는 김민우만 빼고는 다 모인 것 같았다. 선망과 경악의 눈빛이 날 둘러쌌다.

"어제 둘이서 조퇴하더니 뭔 일이야. 무용담 좀 풀어 줘라."

득실거리는 애들 중 누군가가 큰 소리로 외쳤다. 율아, 율아, 친하지도 않으면서 친한 척 내 이름을 불러 댔다. 어느덧 무리의 중심은 나였다. 하지만 그건 내가 상상했던 것처럼 기분 좋은 일이 아니었다. 손바닥 뒤집듯 태도를 바꾸는 모습에서 오히려 나는 역겨움까지 느꼈다. 아이들의 목소리가 어지러이 뒤섞였다. 깔깔대는 소리, 낮게 중얼대는 소리, 등을 떠미는 소리……. 눈앞이 캄캄해지던 때였다.

"좀 비키지 그러니. 내 자리거든."

앙칼진 목소리가 모든 소리를 뚫고 교실을 가득 채웠다. 무리를 비집고 김지민이 유유히 안으로 걸어 들어왔다. 떠밀린 애들은 비명을 지르거나 욕을 내뱉으며 양쪽으로 갈라졌다. 내 옆에 선 김지민은 나를 힐끔 보더니 다시 고개를 휙. 여느 때와 같이 말 한

마디 없었다. 하지만 그게 섭섭하진 않았다.

저렇게 사람 피곤하게 하는 애들은 쫓아내. 괜히 힘들이지 말고, 멍청아.

수업이 시작하고 금을 넘어온 노란 포스트잇. 김지민은 한결같았다.

드디어 찾아온 하굣길. 하루 종일 수많은 시선에 시달린 끝에 간신히 맞이한 해방이었다. 나는 서진욱의 가방을 둘러멨다. 서진욱이 내게 부탁한 것은 아니었다. 서진욱에게 잘 보이기 위함도 아니었고. 어차피 서진욱에게 잘 보여 봤자 더 이상 얻을 것도 없다. 그럼에도 서진욱을 도와주기로 마음먹은 것은 가방을 들며 휘청거리는 모습이 괜스레 눈에 거슬렸기 때문이었다.

"많이 무겁냐?"

하지만 아무래도 괜한 오지랖인 듯싶었다. 대체 가방에 뭘 그리 넣고 다니는지 등에 돌덩이가 올라탄 것 같았다.

"너 여기 뭐 넣었어?"

"곧 시험이잖아."

"그래서?"

"사물함에 있던 교과서 싹 다 넣었지."

"나 짐꾼으로 써먹을 수 있을 때 다 싸 들고 온 거네."

오만상을 찌푸리자 녀석은 뭐가 그리 웃긴지 연신 낄낄댔다. 환자만 아니었으면 진짜……. 하지만 욱하고 치밀어 오르는 화도 서진욱의 걸음걸이를 보면 사그라들었다. 걷는 속도가 이전에 비해 현격하게 느렸다.

"괜찮아?"

"뭐가."

"다리."

"아, 이거?"

서진욱의 눈꺼풀이 파르르 떨렸다. 내 눈두덩도 함께 씰룩거렸다.

"몰라. 3개월 쉬라고 했는데 이젠 6개월은 쉬어야 할 듯."

"그러니까 왜 뛰었어."

"거기 가만히 서 있으면 열받아서 미칠 것 같은데 별수 있냐. 뛰어야지."

서진욱은 짐짓 태연한 표정으로 말했다. 하지만 나는 서진욱이 후회하고 있음을 알았다. 서진욱의 시선이 깁스에서 떨어지지 않고 있었기 때문이었다.

등을 돌렸다. 서진욱이 심호흡을 하는 소리가 들렸지만 듣지 못한 척했다. 가방을 고쳐 메고 낡은 빌라촌을 향해 걸음을 옮겼다. 맞은편에서 바람이 불어와 얼굴을 때리고 몸을 자꾸 뒤로 밀어냈다. 바람을 버티며 나아가자 곧이어 나를 뒤따르는 소리가 들렸다.

"안율."

서진욱이 나를 불렀다.

"……너 혹시 나 없을 때 우리 아버지한테 무슨 말 했냐?"

"별말 안 했는데."

서진욱이 멋쩍게 머리를 긁적였다. 순간 바람이 더 강하게 불어와 서진욱의 몸이 조금 휘청였다. 그러나 서진욱은 목발을 단단히 짚고 언제 휘청거렸냐는 양 똑바로 섰다.

"어젠 아버지가 축구를 안 보더라."

그렇게 말하는 서진욱에게서 나는 곧고 강한 무언가를 느꼈다. 강철 같은 막대가 굳게 서서 서진욱의 중심을 잡아 주는 것 같았다. 서진욱이 입을 뗄 때마다 그 막대는, 서진욱의 심지는 점점 두터워졌다.

"그리고 나한테 괜찮냐고 물었어."

머리카락이 나부꼈다. 서진욱이 한 걸음 가볍게 앞으로 옮겼다. 어느새 역풍은 순풍이 되어 서진욱의 등을 밀어 주고 있었다.

"고맙다."

서진욱의 눈썹이 위로 살짝 올라갔다. 입꼬리 또한 마찬가지였다. 그 표정을 말로 형용하는 것은 어렵다. 서진욱은 웃는 듯하면서도 우는 것처럼 보였고, 나약한 듯하면서도 강인해 보였다. 나는 서진욱이 내게서 가방을 넘겨받고 걸어가는 모습을 물끄러미 바라보았다. 낡은 빌라 입구에 서진욱의 목발이 들어섰다. 어둠

너머에서 눅눅한 바람이 불어왔고, 서진욱은 그 안으로 힘차게 걸어 들어갔다. 곧 빌라의 한 층에 불이 켜지고, 나는 고개를 들었다. 흰빛을 엷게 비추며 달이 푸른 하늘에 떠 있었다.

안부 둘

사람이 변할 수 있을까?

전신주에 앉은 까마귀 한 마리가 우짖었다. 허튼 질문을 던지지 말라고 잔소리를 하는 것 같았다. 휴대폰을 켜 시간을 보았다. 오후 3시. 엄마는 한참 후에야 집에 돌아올 것이다. 집으로 향하던 걸음을 멈추고 쓰레기장 앞에 섰다. 오늘은 고양이가 보이지 않았다. 고양이 집인 작은 상자도 없었다. 아마 쓰레기를 수거하며 거치적거리던 상자도 치워 버린 듯했다.

그럼 고양이들은 지금 어디에 있을까. 상상을 하다가 그만두었다. 상상은 헛되다. 희망이 개입되니까. 나는 현실이 상상보다 훨씬 냉혹하다는 사실을 신봉한다.

그러나 내 발걸음은 슈퍼로 향했다. 손도 어느새 주머니에 있는 용돈을 만지작거리고 있었다. 머리와 가슴이 서로 다른 말을 한다. 나는 모순적인 인간이다.

슈퍼에 들어서자 주인아저씨가 흠칫 놀라는 모습이 보였다. 나는 무덤덤한 태도를 가장하며 슈퍼 안쪽으로 깊숙이 들어갔다. 멀리서 아저씨가 작게 중얼거리는 소리가 들렸다. '어서 오세요.'라고. 아저씨는 휴대폰을 보고 있지 않았다. 머리를 뒤로 넘긴 채로 허리를 곧게 펴고 출입문을 바라보고 있었다. 전과 조금 달랐다. 나는 애써 지웠던 질문을 다시 떠올렸다. 사람은 변할 수 있는가라는 질문을. 인간은 변할 수 없다고 생각했다. 당장 나조차도 변하지 못하고 있으니. 변화라는 위험에 자발적으로 스스로를 노출하는 사람은 없을 것이었다. 특히 아저씨처럼 나이가 든 사람들은 말이다.

뒤숭숭한 마음을 진정시키기 위해 오래전에 김지민에게서 받았던 사탕 하나를 꺼내 입에 넣었다. 딸기 맛이 나는 구체가 이리저리 움직이며 입안을 휘저어 놓았다. 단내가 났다. 사탕이 혀 위에서 굴러가는 방향에 따라 나도 몸을 틀었다.

그곳에 한 중년 여자가 있었다. 마른 나뭇가지 같은 목에 길고 검은 머리가 붙어 있었다.

"뭘 봐."

여자가 내 시선을 눈치채고 바구니를 필사적으로 움켜쥐었다. 바구니 속에는 술병이 가득했다. 여자에게서 진한 술 냄새가 풍겼다.

나는 시선을 돌리고 천천히 뒷걸음질 쳤다. 다행히 여자는 나를 노려볼 뿐, 내게 다가오지 않았다. 나는 매대의 구석에서 여자가 떠나기만을 기다렸다. 여자가 계산대에 술병을 올려놓는 모습이 보였다. 아저씨는 그 여자를 잘 아는지 계산을 하며 여자에게 말을 건넸다.

"아들은 잘 지내죠?"

여자는 '아들'이라는 단어에 눈살을 찌푸렸다. 그리고 남 일에 신경 끄라며 고래고래 소리를 지르고는 슈퍼를 떠났다. 딱 한 번 보았을 뿐인데 인상이 강하게 남는 여자였다. 물론 그렇게 남겨진 인상은 그리 좋지 않았다.

여자가 떠나고 계산대에 갔다. 손에는 참치 캔 하나가 들려 있었다. 이번에는 고양이 전용으로 염분을 빼고 만들어진 참치 캔이었다. 캔 표면에 회색 털을 가진 아기 고양이 사진이 붙어 있었다.

"고양이 좋아하니?"

아저씨가 살가운 말투로 내게 말을 걸었다. 예전에 서진욱이 쓰레기장에서 내게 했던 질문과 똑같았다. 아저씨는 확실히 서진욱의 아버지였다. 그러나 내가 알던 무뚝뚝한 슈퍼 주인아저씨는 아니었다. 그 차이가 믿어지지 않았다. 내가 대답하지 않자 아저씨가 다시 내게 친한 척을 했다.

"진욱이랑은 화해했어?"

이 또한 대답하지 않았다. 아저씨는 민망한지 뒷머리를 긁다가 멋쩍게 웃었다. 그 사소한 행동도 서진욱과 비슷했다. 나는 그길로 도망치듯 슈퍼를 나왔다.

슈퍼 밖에서 또 까마귀를 보았다. 그것이 흉조일지 아니면 아무 의미 없는 우연일지는 알 수 없었다. 다만 확실한 것은 녀석이 내 손에 들린 참치 캔을 노리고 있다는 것뿐이었다.

녀석은 자꾸 내 주위를 맴돌며 나를 따라왔다. 뒤늦게 참치 캔을 주머니 속에 숨겼지만, 녀석은 좀처럼 내 곁에서 떨어질 생각을 하지 않았다. 어쩔 수 없이 나는 녀석을 달고 쓰레기장에 갔다.

쓰레기장에는 아무것도 없었다. 고양이는 한 마리도 오지 않았다. 나는 구석에 앉아 있다가 가로등이 켜질 무렵에야 일어섰다. 입안에 있던 사탕은 다 녹아 없어진 지 오래였다. 까마귀는 내게서 먹을 것을 빼앗지 못해 열이 났는지 깃털을 곤두세우고 날갯짓을 했다.

검은 깃털이 흩날리는 가운데, 언뜻 이도해를 본 것 같은 기분이 들었다. 쓰레기장 입구에서 맨발로 서서 나를 바라보는 이도해를. 그때 내 뒤에서 야옹, 고양이 소리가 들렸다. 황급히 뒤를 돌았다.

역시 거기엔 아무것도 없었다.

기일

기말고사가 코앞까지 다가왔다. 바로 모레가 시험이었다. 이도해가 학교에 오지 않은 지 거의 이 주가 지난 시점이기도 했다. 우산에 부딪혀 사방으로 흩어지는 빗방울을 바라보았다. 며칠 전 태풍이 왔다. 뉴스에서는 근 십 년 중 가장 강력한 태풍이라고 했다. 강력한 태풍은 여파도 길었다. 태풍이 지나간 후에도 비가 멈추지 않았다. 장대비처럼 거세지는 않았지만 끊어질 듯 말 듯 부슬비가 계속 내렸다. 게다가 거듭된 비로 인해 복구 작업이 늦어져 학교 가는 길목이 나무 잔해로 뒤덮여 있었다. 가는 길이 힘들어서일까. 언덕 꼭대기에 고고하게 자리 잡은 학교는 올려다볼수록 멀어 보였다.

오늘 아침 엄마가 나를 붙잡던 모습이 떠올랐다. 조심스러운 손길로 엄마는 나를 붙잡고 달력을 곁눈질했다. 7월 3일. 빨간 색연필로 크게 동그라미가 쳐진 날. 오늘이었다. 그리고 내가 제일 싫어하는 날이었다.

"엄마는 회사 휴가 내고 아빠 보러 갈 건데, 율이도 같이 갈래?"

엄마가 이렇게 질문한 이유는 알고 있었다. 오늘이 아버지의 기일이기 때문이다. 하지만 그건 무가치한 질문이었다. 나는 늘 똑같은 대답을 내놓았으니까. 엄마가 바라는 것을 나는 이루어 줄 수 없었다. 엄마도 그걸 알고 있을 터였다. 그럼에도 엄마는 아직도 내가 그날 일을 극복하기를 바라고 있었다.

죄책감이 들었다. 가시가 돋친 듯 목구멍이 따끔거렸다. 죄책감은 내가 나를 미워하게 하고, 엄마를 미워하게 하고, 이윽고 모든 것을 미워하게 한다. 거대한 미움 앞에서 내가 할 수 있는 일은 도망치는 일뿐이다. 그러나 집을 나와도 말의 잔해는 남아 내 안에서 계속 굴러다녔다. 매년 7월 3일이 되면 나의 나약함을 사무치게 깨달았다. 무감각해지려고 해도 오늘은 그게 잘 되지 않았다. 마음속 시한폭탄의 카운트다운이 울리는 소리가 들렸다.

도서관에서 시험공부를 하다가 집중이 되지 않아 책 한 권을 읽었다. 트라우마를 극복하는 방법에 관한 책이었다. 나는 책장 뒤 은밀한 공간에 숨어 조심스레 페이지를 넘겼다.

그 책에는 충격적인 사건을 경험했다고 모두 외상 후 스트레스 장애를 겪는 것은 아니라고 적혀 있었다. 모든 사람은 극심한 충격을 받으면 공통적으로 우울과 불안에 빠진다. 차이는 그다음에 발생한다. 누군가는 극복하려고 시도하고, 누군가는 무기력을 학습한다.

학습된 무기력. 관련된 예시로는 아기 코끼리 이야기가 있다. 서커스 단장이 코끼리를 길들이는 방법에 관한 이야기였다. 처음에는 아기 코끼리에게 쇠사슬을 채우고 튼튼하게 박은 말뚝에 묶어 놓는다. 아기 코끼리는 저항하지만 벗어날 수 없음을 알고 서서히 저항을 멈춘다. 그렇게 어른이 된 코끼리는 썩은 나무 말뚝에 새끼줄로 묶어 두어도 도망치려는 시도를 하지 않는다. 마음만 먹으면 탈출할 수 있는데, 계속 묶여 있다. 자유롭지 못한 상태가 익숙해졌기 때문이다.

극복한 자와 머물러 있는 자의 차이를 가르는 것은 결국 끊임없이 극복하고자 하는 의지, 즉 마음가짐이다.

마음가짐. 그것만큼 어려운 것은 없다. 나는 책을 덮었다. 그리고 다리를 내려다보았다. 내 다리를 묶고 있는 것이 쇠사슬인지 새끼줄인지 알 수 없었다.

고양이 장례식

오늘은 정말로 집에 가고 싶지 않았다. 납골당에 다녀온 엄마의 우울한 얼굴을 보고 싶지 않았다. 나는 하굣길 중간에 멈춰 섰다. 부리로 쓰레기 봉지를 쪼고 있는 까마귀가 보였다. 녀석은 내가 다가오자 잠시 멈칫거리다가 곧 흥미를 끄고 봉지를 다시 쪼았다. 내가 뒤져도 먹을 것 하나 안 나오는 빈털터리임을 빠르게 간파한 것 같았다.

까마귀를 지나쳐 슈퍼, 쓰레기장, 그리고 낡은 빌라촌까지 걸었다. 쓰레기 집 앞에서 한 사람이 서성거리는 모습이 보였다. 지난번 슈퍼에서 보았던 아줌마였다. 온몸에서 술 냄새를 풍기던 아줌마. 멀찍이서 그 아줌마와 눈이 마주쳤다. 아줌마는 화들짝 놀라며 몸을 부르르 떨더니 집 안으로 도망치듯 들어가 버렸다. 나는 아줌마를 신경 쓰지 않기로 하고 더 깊숙한 곳으로 걸음을 옮겼다. 빌라촌의 가장 안쪽, 폐허가 있는 곳으로.

몇 해 전 재개발을 위해 철거된 구역이었다. 그곳에는 더 이상 사람이 살지 않는다. 찾아오는 사람도 없다. 부러진 건축 자재가 너저분하게 널려 있고 무릎 언저리까지 잡초가 무성했다. 시멘트 덩어리를 밟고 나아가면 공터가 보였다.

공터는 오랫동안 관리되지 않아 땅바닥이 우묵하게 파여 있었다. 구덩이에는 빗물이 고여 있었는데, 겹겹이 쌓인 진흙이 공터를 늪지처럼 만들었다. 다리를 들어 올리는 단순한 행위에도 평지에서보다 힘이 많이 들어갔다. 덤불을 헤치며 공터 구석까지 걸었다. 얇은 바짓단을 뚫고 들어온 덤불의 가시가 맨살을 찔렀다. 덤불에는 간간이 자줏빛 꽃이 섞여 있었다. 이 동네에 처음 이사 왔을 때 엄마가 엉겅퀴라 불렀던 것이 기억났다. 위험하니 혼자서는 이쪽에 절대 오지 말라고 당부했던 것도.

그러나 나는 혼자가 아니었다. 공터 구석, 녹슨 철근이 쌓여 있는 곳에서 누군가를 보았다. 그동안 코빼기도 내밀지 않던 괘씸한 녀석의 뒷모습이었다. 그 애의 이름을 부르기 위해 입을 열었다.

하지만 내 목구멍에서는 아무 소리도 나오지 못했다. 그 애의 손에 들린 끔찍한 것을 보았기 때문이었다. 그건 새끼 고양이였다. 정확히는 새끼 고양이의 시체였다. 털의 색깔과 무늬를 보면 알 수 있었다. 내가 지난번 먹이를 주었던 바로 그놈이었다.

문득 이도해와의 첫 만남이 떠올랐다. 죽은 고양이, 피, 그리고 꿈결처럼 들었던 목소리.

"내가 죽였어."

종을 알 수 없는 새들이 날카롭게 울었다. 까만 점들이 노을 진 하늘을 일렬로 가로질렀다. 한기가 느껴졌다. 주관적인 감상이 아니라 객관적인 온도가 그랬다. 서늘하고 묵직한 냄새가 났다. 내 바로 앞에서였다. 마음을 엘 것같이 강한 바람이 불었다. 심장이 뛰고 머리털이 곤두섰다. 이도해가 뒤돌아보았다. 우리는 서로를 발견했다.

"죽었네."

나는 꺼림칙함을 숨기며 힘겹게 말을 꺼냈다.

"죽었어."

이제 무슨 말을 해야 할까? 안녕? 왜 그동안 학교 빠졌어? 설마 네가 고양이를 죽인 거야? 저번에도, 이번에도?

이도해의 손에 힘이 들어갔다. 고양이 뱃가죽이 손가락 모양을 따라 움푹 들어갔다.

"차에 치였더라고."

이도해의 목소리가 떨렸다. 용기를 내어 고개를 조금 들었다. 이도해의 모습이 똑바로 보였다. 이도해는 식은땀을 흘리며 안절부절못하고 있었다. 그제야 조금 안심이 되었다.

"죽는 걸 봤어?"

"응."

그 짧은 한 마디에 담긴 얕은 파문을 느꼈다. 잔잔한 호수에 돌덩이가 떨어졌을 때처럼 이도해는 출렁거렸다.

"내가 집을 만들어 줬는데……. 집이라 해도 상자 하나 주워 놓은 거지만. 어쨌든 그게 사라지고 거리를 돌아다니다가 큰길에서……."

이도해가 침음에 잠겼다. 그 침묵은 조용하지만 처절하게 공간을 메웠다. 비명이 난무하는 것보다 더 끔찍했다. 나는 철근을 딛고 일어서 길의 끝을 바라보았다. 아득히 먼 곳에서 불빛이 반짝였다. 별빛 같은 불빛이었다. 옆에서 이도해가 나를 바라보는 시선이 느껴졌다.

"근데 너는 여기 왜 왔어?"

소리가 메아리쳤다. 그 질문이 무정하게만 들렸다.

"오면 안 되냐?"

"너희 부모님께서 걱정하실 거야."

"상관없어."

"늦었잖아. 이제 곧 해가 완전히 져. 여기는 밤길이 위험해."

이도해는 나를 보호해야 하는 대상처럼 대했다. 자기랑 대등한 위치에 둔 것이 아니라. 그게 몹시도 마음에 들지 않았다. 평소에는 사소한 일이라며 넘겼을 것들이 오늘만큼은 모두 그날의 기억으로 이어졌다.

아버지한테도 나는 어리고 약한 존재였다. 그래서 아버지는 자기 몸을 던져 나를 구했다. 그을린 감정이 마음의 저편에서 두둥실 떠올랐다. 결국 치밀어 오르는 충동을 참지 못했다.

"씨발, 네가 내 부모냐?"

이도해의 눈이 크게 벌어졌다. 내가 무슨 짓을 했는지 깨닫고 뒤늦게 얼어붙었다. 호르몬 작용에 휘둘려 헛된 감정을 토해 내고 말았다. 그리고 한 번 내뱉은 말은 돌이킬 수 없었다. 나는 이도해의 인중만 바라보았다. 혹여 저 입에서 내게 실망했다는 말이 튀어나올까 봐 두려웠다. 이도해가 제발 아무 말도 하지 않기를 바랐다. 그러나 이도해의 입가에는 주름이 졌고 속절없이 입술이 열렸다. 나는 두 눈을 질끈 감았다.

"고양이의 장례를 치러 줄 건데."

"……그래서?"

"늦어도 괜찮다면 같이 할래?"

맥이 탁 풀렸다. 그래. 이도해는 이런 애였다. 긴장하고 있던 스스로가 바보 같아졌다.

"여기에 묻자."

공터 구석의 한 지점을 발끝으로 툭툭 치면서 이도해가 내게 고양이를 내밀었다.

"잠깐만 안고 있어."

조금 머뭇거리다가 고양이를 건네받았다. 죽은 몸은 차갑고 딱

딱했다. 그래도 생각보다 징그럽진 않았다. 야옹. 나지막이 울음 소리가 들린 것 같았다. 나는 메마른 등가죽에 손을 얹고 천천히 좌우로 움직였다. 푸석푸석한 털이 손가락 사이사이로 삐져나왔다. 이도해는 내가 고양이를 쓰다듬는 것을 물끄러미 바라보다가 땅을 팠다. 낡은 운동화 앞코가 흙으로 덮여 금세 까매졌다. 흙을 파고, 판 흙을 치우고, 또 파고……. 반복되는 동작을 하며 이도해는 시시콜콜한 이야기를 했다.

"나 얘네들 어미랑 친했어. 여기서 자주 봤거든. 내가 집에 들어가지 못하고 혼자 있을 때 그 아이가 늘 내 곁에 있어 줬어. 아, 얘처럼 노란색 치즈 고양이인데, 새끼를 낳은 뒤로는 한동안 여기 오지 않더라. 자식을 버릴 애로는 보이지 않았는데 말이지. 야생은 전부 그런 걸까."

노래하듯 읊조리는 목소리를 들으며 구덩이를 바라보았다. 무덤을 만드는 건 아주 생소한 기분이었다. 나는 쭈그려 앉아 손바닥으로 흙더미를 쓸어 보았다. 부드러우면서도 까끌거렸다. 신비한 감촉이었다. 이 흙이 얼마나 오랜 시간 동안 이곳에 있었을지 가늠해 보았다. 철거하면서 새로이 이 자리에 오게 된 것일지도 모르고, 내가 헤아릴 수 없을 정도로 긴 세월을 같은 자리에서 보냈을지도 모른다. 확실한 건 이 흙은 곧 고양이의 온몸을 덮을 것이고, 언젠가 고양이는 흙의 일부가 되리라는 사실이었다. 그리고 흙이 지새워 온 시간에 고양이의 시간이 더해질 것이었다.

"그런데 얼마 전에 그 아이를 봤어. 다 썩어 문드러진 채로. 자식을 버린 업보일지도 몰라. 그런데도 나는 그 아이를 내버려 둘 수 없었어. 도무지 그대로 두고 떠날 수 없었어."

우리가 처음 만났을 때 맨발의 이도해가 들고 있던 고양이. 그게 어미였나 보다. 죽은 새끼 고양이를 내려다보았다. 허망한 눈이 허공을 향해 있었다. 텅 빈 동공에 빨간 노을이 비쳤다. 허무하다. 그런데 계속 바라보게 된다. 문득 새끼 고양이를 기억하고 싶다는 생각이 들었다.

"얜 이름 없어?"

"있어."

"뭔데?"

이도해가 사무치게 웃었다.

"이도해."

"그게 고양이 이름이야?"

반문해도 이도해는 계속 웃기만 했다. 그게 마음에 들지 않았다.

"네가 이도해잖아."

이도해는 고집스럽게 그 말을 못 들은 척했다. 마치 자기는 정말로 이도해가 아니라는 것처럼. 그래서 나도 고개를 돌리고 고양이를 끌어안는 데 집중했다. 털의 뻣뻣함, 피에 젖은 정도……. 멀리서 까마귀 우는 소리가 났다. 이도해가 다시 잡담을 시작했다.

"난 고양이를 존경해. 어미가 없어도 버려져도 홀로 꿋꿋이 살아가잖아. 사람과 달라."

마지막 문장이 유독 귀에 거슬렸다. 그냥 넘어갈 수 없을 정도로.

"고양이나 인간이나 똑같아. 어차피 다 죽잖아."

정신을 차려 보니 이미 말을 내뱉은 후였다. 이도해가 놀란 듯 입을 벌리고 나를 바라봤다. 왜 그런 말을 했을까. 한편으로는 후회도 되고 다른 한편으로는 차라리 잘됐다는 생각도 들었다. 그러다 마음은 후자로 기울고, 제정신이 아닌 상태에서 이참에 쏟아 내 버리기로 했다. 오늘은 아버지가 죽은 날이다. 아니, 정정하자. 내가 아버지를 죽인 날이다.

붉은 저녁놀 위로 서서히 어스름이 깔렸다. 그리고 내가 가장 두려워하는 색으로 물들어 갔다.

"고양이나 인간이나, 모두 가치 없는 삶을 살고 있는 거야."

녹색. 나는 기어코 녹색을 입에 담았다. 늘 내 머릿속을 떠나가지 않던 시선이 불나방처럼 다시 몰려오기 시작했다. 째깍째깍. 초침 소리 같은 이명이 귓가를 잠식했다. 폭발까지 얼마 남지 않았다. 나는 곧 터져 버릴 것이다.

"아무 가치도 없는 걸 아주 비싼 것처럼 스스로를 속이고 사는 거라고."

아버지를 추억하며 헤매던 날들이, 하루에도 몇 번이나 나를 뒤흔들었던 순간들이 벌레가 되어 몸을 뒤덮었다. 손끝에서 시작해 팔꿈치, 어깨, 턱, 이윽고 눈까지. 벌레가 득실거리는 시야 너머에 무언가가 서 있었다. 죽음이었다. 가치 없는 삶을 위한 가치 없는 죽음. 나는 그걸 녹색이라 불렀다.

이도해가 흙을 파는 걸 멈췄다. 하지만 상관없었다. 이미 고양이 한 마리가 들어갈 크기의 구덩이는 팠으니. 나는 고양이를 들고 구덩이 앞에 쪼그려 앉았다. 돌처럼 굳은 시체가 부드러운 흙에 닿았다. 손끝에서 고양이가 완전히 떨어졌을 때, 나는 까마득한 어둠을 느꼈다. 시커먼 어둠 아래에서 풀벌레 소리가 들렸다. 무릎을 잡고 일어났다. 이제 끝이었다. 시시한 삶도, 무덤도, 장례도. 끝이라고 생각했다.

고운 흙이 이도해의 발끝에 뭉텅이째로 차였다. 흙먼지가 날려 반사적으로 눈을 감았다. 눈이 심하게 따끔거렸다. 시야도 뿌옇고. 제대로 느껴지는 감각은 청각밖에 없었다.

"야! 뭐 하자는 건데."

"가치 없는 삶이라며."

"사실을 말했을 뿐이야."

"정말 그렇게 생각해?"

"당연하지."

시야가 맑게 개었을 때, 고양이는 구덩이가 아니라 이도해의 품 안에 있었다. 처참하다는 단어는 이럴 때 쓰는 것일까. 점점 선명해지는 시야에 담긴 무덤도, 이도해의 울 것 같은 얼굴도 처참했다.

이도해는 나를 등진 채로 점점 멀어졌다. 그 뒷모습에서 우리 둘 사이에 그어진 선을 보았다. 너는 딱 여기까지야. 선은 내게 그렇게 말하고 있었다. 이도해를 붙잡으려던 손이 허공만 가른 채 제자리로 돌아왔다. 일렁이는 마음을 묻어 버리려고 입술을 뜯었다. 아랫입술에서 핏물이 배어 나왔다. 말라비틀어진 죽은 피가 아니라 축축한 살아 있는 피였다. 이명은 점점 커져서 모든 소리를 삼켜 버릴 지경에 이르렀다. 마음이 더 이상 견딜 수 없을 정도까지 부풀었다.

결국 폭탄이 터졌다. 나를 지키던 수문이 무너져 내리고, 그 속에 담겨 있던 것들이 쏟아져 나온다. 한꺼번에 폭포수처럼 밀려든다. 이제 이 감정들로부터 나를 지켜 줄 안전한 곳은 없다.

"내가 아버지를 죽였어."

말이 툭 내뱉어졌다. 몸이 멋대로 움직였다. 미지의 감각이었다. 나는 혼란스러웠지만 저항하지 않았다. 그저 말이 흘러가는 대로 내버려 두었다.

"교통사고. 사실 차에 치일 뻔한 건 나였는데, 아버지가 나 대신 차에 치였어. 내가 없었다면 아버지는 지금쯤 엄마랑 행복하게 잘 지내고 있을 텐데. 내가 아버지를 죽인 거나 다름없는 거지."

이도해가 멈췄다. 내심 다행이라고 생각하면서도 이도해가 그냥 쭉 멀어지길 바랐다. 나는 지그시 눈을 감았다. 컴컴한 세계에서 소리가 나를 휘감고 흩어졌다. 들을 수 있는 것은 나의 목소리뿐이었다.

"장례식장에서 사람들이 그랬어. 아버지가 허망하게 돌아가셨다고. 그러더니 웃고 떠들며 술을 마시더라."

모든 것이 다 겉치레였고, 난 겉치레가 제일 싫었다. 사람들의 가식도 거짓도 전부. 그래서 겉치레뿐인 내가 싫었다. 왼쪽 가슴을 손바닥으로 꾹 눌렀다. 숨이 가빠져 왔지만 아버지의 아픔에, 엄마의 아픔에 비하면 이 정도는 아무것도 아니었다. 내가 아프다고 하는 것은 죄악이다. 만악의 근원이 나였으니까.

"허망하다는 게 무슨 뜻인 줄 알아? 어이없고 허무하다는 뜻이야. 아버지는 가치 없게 살다가 가치 없게 죽어 버렸어. 나도 그럴 테지. 모두가 그럴 거고. 사실 모든 존재는 그저 죽어 갈 뿐이야."

나는 그게 무서워. 아버지는 날 살리려고 달리는 차에 몸을 던졌는데, 엄마는 나를 벌어먹이기 위해 자신의 행복을 버리고 일만 하는데, 정작 나는 무엇을 해야 되는지 모르겠어. 무엇을 위해 살아야 하는지 모르겠어.

"차라리 태어나지 않는 게 좋았어. 이렇게 될 바에는 처음부터 없는 편이 좋았다고."

나를 위한 희생들이 너무 벅차. 제대로 된 인간이 되어야 한다고 생각은 하지만 결국 무엇도 되지 못했어. 나는 너무 부족한 인간이야. 공부를 잘하는 것도 아니고, 운동이나 노래 같은 자랑스러운 특기가 있는 것도 아니고, 사교성이 좋지도 않고, 굳건한 꿈이 있는 것도 아니고. 툭 치면 무너져 버릴 모래성 같아.

"내 삶은 무의미해."

아픔을 자각한 순간부터 나는 이미 한계였다. 그래서 속사포처럼 말을 쏟아 냈다. 거짓도 숨김도 없이 전부 있는 그대로. 이제 이도해는 나를 경멸할 것이다. 내가 나를 경멸하고, 세상이 나를 경멸하는 것처럼.

"무의미한 건 없어."

그때 이도해의 말이 툭 떨어져 가슴에 번졌다. 먹구름 하나 없는 하늘에 비가 오는 건가 싶을 정도로.

"내가 모든 걸 망쳤어."

"아무것도 망치지 않았어. 다른 사람들의 말에 휘둘리지 마. 타인의 기준은 상대적인 거야. 정말 중요한 건 너지. 절대적인 건 너 자신뿐이야. 그러니까 너를 봐. 네 마음을 봐."

아버지가 죽어도 세상은 변하지 않았다. 모든 것이 정상적으로 돌아갔다. 달라진 것은 나뿐이었다. 밖은 이리도 맑고 따스한데 내 안은 차갑다. 서늘한 것이 자꾸 무언가를 도려낸다. 몸은 덜덜 떨리고 가슴은 아리다. 나를 도와준다던 의사는 내가 이 년이면 치료될 것이라고 말했다. 그런데 이미 이 년은 한참 지났고, 나는 어느덧 열다섯을 넘겼다.

그러니까 어쩌면 이건 고통이 아닐지도 모른다고 생각했다. 뇌의 착각으로 고통을 느낄 뿐, 진짜 고통은 아닌 것이다. 마음의 고통이란 결국 허상에 불과하다. 그렇게 생각했다.

하지만 지금은 확실히 알 수 있다. 이건 절대 허구의 고통이 아니다. 가슴이 걷잡을 수 없이 아려 왔다. 너무 아팠다. 당장이라도 비명이 나올 것 같아 아랫입술을 짓이겼다. 심장에서 피가 쏟아지는 기분이었다. 무력함, 그 안에서 울렁거리는 분노, 슬픔, 좌절, 혐오. 감당할 수 없을 정도로 거대해서 마음의 저편으로 내던져 버릴 수밖에 없었던 감정들이 하나둘 깨어났다. 동시에 죽였던 고통이 생생하게 되살아났다.

"아파."

나는 인정하기로 했다. 나는 아프다. 하지만,

"아픈 건 익숙해."

늘 달고 다니다 보면 어느 순간부터는 아무것도 느껴지지 않는다. 상처는 있지만 없는 척할 수 있는 것이다. 나는 늘 외던 주문을 되뇌었다. 무감각해져라, 무감각해져라. 나는 아프지 않다. 하지만 이도해의 한 마디에 주문은 깨져 버렸다.

"익숙한 게 더 아픈 거야."

"……."

"말기 암 환자들에게는 모르핀을 쓴대. 감당할 수 없는 고통을 덜어 주려고. 하지만 그런다고 해서 암 말기라는 사실이 변하진 않지. 마음도 마찬가지야."

타인은 나에 대해 아무것도 몰라. 내 고통도, 해결법에 대해서도. 너는 그저 아는 체할 뿐이야. 해서는 안 되는 말들이 목 끝까지 꾸역꾸역 차올랐다. 마른침을 삼키며 그것들을 뱃속으로 집어넣으려 애썼다. 하지만 한껏 열기를 머금은 말들은 좀처럼 마음같이 되지 않았다.

"그럼 대체 나보고 어쩌라고."

"아물게 해야지."

"어떻게 아물게 하는지 몰라, 나는."

"네 상처에도 장례를 치러 줘."

이도해가 흙을 한 줌 쥐었다. 손가락 사이사이로 알갱이가 흘러내리더니 이내 손엔 아무것도 남지 않았다. 헛되고 하찮은 것이 내 마음과 닮았다.

그래서 나는 흙을 쌓아 올리기로 했다.

고양이의 장례식은 참으로 초라했다. 비석조차 없는 조그만 무덤, 둘뿐인 조문객. 이도해는 두 손을 모으고 고개를 숙이고는 마지막 말을 건넸다. "잘 가."라고. 그 순간 마음속에서 고양이가 밤하늘로 날아오르는 모습이 선명하게 떠올랐다. 윤기 나는 노란 털을 휘날리며 아주 높이, 저 별에 닿을 정도로 날아올랐다.

고양이가 박찬 땅 위로는 밤바람이 불었다. 머리카락이 기분 좋게 살랑거리고, 입으로 들어오는 공기에서 파릇한 풀 내음이 났다. 지금 내가 느끼는 시원함을 믿을 수 없었다. 장례는, 죽음은 이런 것이 아닐 터였다. 고양이는 모든 것을 원망해야 했다. 자신을 버린 어미도, 자신을 죽인 사람도. 하지만 고양이는 날아올랐다. 홀가분하다는 듯이 떠나 버렸다. 고양이의 환영을 쫓고 있는 내게 이도해가 말했다.

"네 잘못이 아니야."

그때 나를 둘러싸고 있던 커다란 장막이 걷힌 듯한 느낌을 받았다. 겹겹이 두르고 있던 이성, 이득, 진리와 같은 말들이 물에 씻기듯 녹아내렸다. 나를 감싸고 있던 막도 함께.

"떠나 버린 것도 네가 아니고."

이도해의 까만 눈동자에 비친 나를 보았다. 나는 아주 생경한 얼굴을 하고 있었다. 이루 말할 수 없는 감정들이 한데 섞여 터지기 직전인 얼굴.

"너만큼은 너 자신을 떠나지 마."

그 말이 먹먹히 가슴을 울렸다. 말이 이어질 때마다 이도해 말고도 또 다른 누군가와 대화하는 것 같다는 생각을 지울 수 없었다.

"너는 의미 있는 사람이야."

그제야 주체할 수 없는 말들이 어디서 나왔는지 알 수 있었다. 그 말들은 내 마음에서 나왔다. 내 마음 깊숙한 곳에 묻혀 있다가 이도해의 입을 통해 세상 밖으로 나온 것이었다.

엉겅퀴꽃을 뜯어 오른손에 꼭 쥐었다. 가시가 손을 찔렀다. 괜히 콧잔등이 시큰거렸다. 꽃을 무덤 앞에 놓고 등을 돌렸다. 떨리는 숨소리를 필사적으로 죽이며 나는 걸었다. 자꾸 뜨거운 것이 뺨을 타고 흘러내렸다.

언뜻 이도해가 내 이름을 읊조린 것 같았다. 하지만 나는 뒤를 돌아보는 대신 발걸음을 재촉했다. 그리고 이도해와 아주 멀리 떨어진 골목에서 큰 소리로 울었다. 눈이 새빨개지고 호흡도 되지 않을 때까지 울었다. 그러다가 불현듯 웃음을 터뜨렸다. 지난 몇 년간 묵혀 둔 감정이 한꺼번에 폭발해서 세상 밖으로 뿜어져 나왔다. 지금 나는 다른 사람에겐 비정상처럼 보일 것이다. 외상 후 스트레스 장애. 그래, 그런 병명으로 나를 부르겠지.

하지만 지금 이 순간만큼은 그런 게 하나도 중요하지 않았다. 오랜만에 진심으로 울고 웃고 있었으니까. 내가 지금껏 가장 외면하고 있던 것들의 이름을 하나씩 아로새겼다. 꽃, 별, 감정, 기억, 삶, 죽음, 그리고 나. 그런 아주 무가치하고 덧없는 것들의 이름을 말이다.

*

이후 나는 홀로 봉안당을 찾았다. 유골을 안치하고 한 번도 아버지를 보러 가지 않았으니, 드넓은 봉안당에서 아버지를 찾는 데에만 오랜 시간이 걸렸다. 한참을 헤맨 끝에 찾은 아버지는 내가 두 손으로 쉽게 들 수 있을 만큼 가벼웠다. 아버지는 이제 작은 단지 하나에 다 담기는 뼛가루에 불과했다. 그 사실을 마주하는 것은 무척 아픈 일이었다.

하지만 나는 이제 그 아픔을 인정하기로 했다. 한때 아버지였던 것을 담은 단지와 나 사이에 놓인 유리에 손을 올렸다. 천천히, 너머에 있는 아버지에게 이 온기가 스며들도록. 그리고 고이 간직했던 마음을 꺼내 놓았다.

"잘 가요."

그 순간 막혀 있던 가슴 어딘가가 뻥 뚫리면서 아버지가 하늘로 떠났음을 깨달았다. 돌아오는 길 어슴푸레한 하늘을 올려다보았다. 초저녁 희미하게 보이는 별의 윤곽이 아름다웠다. 그 빛에 '북극성'이라는 이름을 붙여 기억에 덧씌웠다. 나는 내가 의미 하나 가지지 않고 죽을 거라 생각했는데, 삶이라는 건 무엇 하나 뜻대로 되는 게 없어 우스웠다. 그리고 조금 기꺼웠다. 가사는 모르고 음만 아는 노래를 흥얼거리며 집으로 향하는 골목에 들어서자, 나를 기다렸다는 듯 가로등이 일제히 켜졌다. 흔한 우연임을 알면서도 발걸음이 가벼워지는 건 어쩔 수 없었다. 노란 불빛 아래에서 춤을 추듯 땅을 디뎠다. 언제 적 보았던 맨발처럼 흔들흔들 사뿐히. 그리고 나를 기다린 엄마에게 말했다.

나한테 친구가 생겼다고. 이번엔 진심으로 사귄 친구라고.

엄마는 활짝 웃었다. 웃는 엄마는 소녀처럼 예뻤다.

4부

변한 것과 변하지 않은 것

시험이 끝났다. 등굣길에 비행운을 보았다. 푸른 빛이 연하게 깔린 하늘에 길고 가느다란 띠가 둘러져 있었다. 시선을 내렸다. 아이들의 어깨가 보였다. 주름 하나 없이 팽팽하게 당겨졌던 가방끈이 느슨해져 있었다. 아이들은 높고 빠른 목소리로 여름 방학에 갈 여행지를 이야기했다. 아이들이 말하는 곳은 보라카이였다. 나는 한 번도 가 본 적 없는 곳이었다.

에메랄드빛 바다와 산호초, 그리고 야자수가 늘어선 밤거리. 노랫말 같은 이야기를 들으며 나는 손에 들린 둥근 것을 위로 던졌다. 햇빛을 받은 희고 검은 표면이 반짝거렸다. 오각형과 육각형은 겹치지도 떨어지지도 않고 반듯하게 붙어 저마다 각을 자랑했다. 허공에 떠올랐던 공이 착 손에 감겼다. 서진욱에게서 받았던 축구공이었다.

애정을 많이 받은 것에는 생명이 깃든다. 물건이라 해도 마찬가지다. 이 축구공의 움직임에는 생동감이 있었다. 내가 애정을 준 적은 없으니, 공은 필시 서진욱의 넘치는 애정을 받았을 것이다.

한 번 더 공을 던졌다. 아이들이 시선이 내게로 향했지만 이전처럼 등골이 오싹하지는 않았다. 어쩌면 나도 변할 수 있겠다는 생각이 들었다. 변하는 게 나쁘지만은 않을 거라는 생각도.

"뭐냐."

"맡아 놨던 거."

서진욱의 미간에 미세한 주름이 잡혔다. 아침 댓바람부터 무슨 소리를 하냐는 듯 서진욱이 불퉁하게 대꾸했다.

"그러니까 이걸 왜 나한테 주냐고."

"네 거니까."

"난 너한테 준 건데."

"그럼 내가 다시 너한테 주면 되겠네."

서진욱이 묘한 표정을 지으며 쥐고 있던 목발을 들어 올렸다. 책상 다리와 맞부딪히면서 목발이 가벼운 금속음을 냈다.

"됐어. 나 이제 축구 안 해."

서진욱은 축구에 아무 미련도 남지 않은 것처럼 말했다. 하지만 시선은 축구공에서 떨어질 줄을 몰랐고 나는 서진욱의 입가가 불안하게 떨린다는 사실도 알아챘다. 그래서 마지막으로 한 번 더 물어봐 주기로 했다.

"진짜로?"

서진욱이 주먹을 꽉 쥐었다. 날 선 눈빛이 번뜩였다. 서진욱이 나를 똑바로 마주 보고 있었기 때문이었다.

"에이 씨. 내놔, 그럼."

드디어 축구공이 오랜 기다림 끝에 제 주인의 손에 들렸다. 서진욱은 두 뺨을 발갛게 물들이며 축구공을 요리조리 살폈다. 공이 더 빵빵해진 것 같다는 둥, 더 번쩍거리는 것 같다는 둥 혼잣말도 했다. 그렇게 한참 공을 만지작거리던 서진욱의 얼굴에 생경한 기색이 서렸다.

"……좀 싱숭생숭하다."

"그래서 싫냐?"

서진욱이 헛웃음을 지었다. 그리고 크게 입을 벌렸다.

"아니. 존나 좋아."

서진욱의 입에서 바람 빠지는 소리가 났다. 그 웃음인지 탄식인지 모를 소리가 퍽 반갑게 들렸다. 창밖에 흐드러진 잎사귀들이 보였다. 산바람을 타고 앞뒤로 너울지는 모습이 파도와 닮았다.

*

파도. 그 단어를 들으면 떠오르는 장면이 있다. 드넓은 바다, 어디가 동쪽이고 서쪽인지 분간되지 않을 정도로 곧은 수평선, 그리고 그 위의 한 점. 좌표가 결정되지 않은 그 점이 나와 닮았다고 생각했다.

"여기 봐. 이 그래프에서 꼭짓점의 좌표가 어떻게 되지?"

선생님이 좌표 평면 위에 이차 함수를 그리며 시험 문제의 해설을 하고 있었다. 그러나 선생님의 설명을 제대로 듣는 아이들은 없었다. 설명하고 있는 선생님도 아이들이 수업을 제대로 들을 거라는 기대는 하지 않는 것 같았다.

나는 책상 한쪽에는 시험지를 꺼내 놓고, 다른 쪽에는 공책을 펼쳤다. 공책 안이 빼곡했다. 지금까지 조금씩 쓴 소설이었다. 처음에는 세 줄 쓰는 것도 힘들었는데 이제는 같은 시간 동안 한바닥을 쓸 수 있었다.

소설을 쓸 때마다 깨닫는 것이 있다. 이도해의 말이 옳았다는 사실이다. 삶은 소설과 다를 바 없었다. 사람들은 자신의 삶에 이야기를 부여하여 현재의 고통을 납득하고 극복하는 결말을 써 내려간다. 그것이 진실이건 거짓이건.

오답 노트를 쓰듯 문장을 옮겨 적었다. 내 머릿속에서 지면으로. 그리고 끄집어진 것을 입안에서 굴린다. 읽으면 읽을수록 어색하다. 그걸 알면서도 손은 멈추지 않는다. 이것이 나중에 내게 어떤 의미가 될 것인지는 모르는 일이었다.

그때 오랜만에 노란 포스트잇이 내 책상으로 슬쩍 밀려왔다. 일

주일 만이었다.

뭐 해?

내가 고개를 돌리자 김지민은 언제 자기가 쪽지를 보냈냐는 듯 시치미를 떼고 한 팔로 팔을 괸 채 칠판을 바라보았다. 나도 김지민을 따라 칠판으로 시선을 옮겼다. a와 b가 평면 위 임의의 점 옆에 붙은 것이 보였다. a와 b. 나는 알파벳을 손으로 덧그렸다. 획이 휘어지는 모양새가 좋았다.

그냥.

손끝에 감각을 곤두세우고 또박또박 적었다. 근래 나의 필체 중에 가장 나았다. 그러나 막상 쪽지를 보내고 나니 초조해졌다. 너무 짧게 적은 것 같았다.

그냥이 뭔데. 성의 없긴.

하지만 김지민은 불평하면서도 정성스레 답장을 보내 주었다. 김지민은 상냥한 애였다. 내가 자신에게 상처를 입혔어도 나를 비난하지 않고 오히려 기다려 주었다. 세상에는 나를 도태시키고 먼저 뛰어나가는 사람만 있지 않았다. 조금 마음이 놓였다. 적어도 사소한 장난칠 정도의 여유는 생겼다.

그냥 너 보고 있었는데.

쪽지를 읽자마자 김지민은 기름칠 안 한 기계처럼 삐거덕거렸다.

뭐래, 멍청아.

글씨가 삐뚤빼뚤했다. 그게 퍽 귀엽다고 생각하며 다시 쪽지를 썼다. 천천히 반듯하게, 마치 김지민의 원래 글씨처럼. 쪽지를 받은 김지민이 실눈을 힐끔 떴다. 내가 또 무슨 뚱딴지같은 소리를 할까 봐 긴장한 기색이 역력했다.

지난번엔 걱정하게 해서 미안해.

솟아 있던 김지민의 어깨가 아래로 내려갔다. 작은 숨소리가 들리고, 김지민의 두 뺨이 부드럽게 풀어졌다. 곧 소매를 잡아끄는 손길이 느껴졌다. 김지민이 속삭였다.

"미안한 게 아니라 고맙다고 해야지."

가슴이 간질간질했다. 불안해서 간질거리는 게 아니라 편안해서, 이대로가 좋아서. 구름을 걷는 이 기분 그대로 시간이 멈춰 버렸으면 좋겠다는 상상을 했다.

드러난 비밀

그러나 행복은 얄궂다. 구름 위를 걷는 기분. 몸이 가뿐해지고 정신은 하늘 위로 치솟은 그 기분이야말로 가장 위험한 것임을 나는 알지 못했다. 구름에 둘러싸이면 북극성이 보이지 않았다. 고정되었다고 생각했던 나의 위치는 그저 임의의 점일 뿐, 그래프를 바꿔 그리면 달라질, 그런 속절없는 점에 불과한 것이다. 나의 표류는 끝이 아니었다. 이건 또 다른 시작이었다. 파도가 밀려들었다.

수업이 끝나고 점심시간. 서진욱과 김지민, 그리고 나. 이렇게 셋이 모여 한자리에서 밥을 먹는다는 희대의 경험을 하고 있던 도중 이도해를 보았다. 이도해는 오랜만에 학교에 나와 우리 반 앞에서 서성이고 있었다. 아마도 이도해는 나를 기다리고 있던 것 같았다. 내게 할 말이 있어 보였다. 이도해가 우리 반 앞까지 직접 찾아온 적은 지금까지 한 번도 없었으니 어쩌면 아주 중요한 이야기였을지도 모르겠다.

하지만 이도해가 내게 무슨 말을 하려 했는지 지금도 알지 못한다. 이도해는 더 이상 이곳에 없기 때문이다.

그건 비의 마수였다. 숨을 들이마시고 내쉴 때마다 습기가 차오르고 몸이 나른해졌다. 허파에 곰팡이가 슨 것만 같았다. 몸이 그러니 정신마저 일순 안일해졌다. 내가 미적미적 자리에서 일어나는 사이 이도해의 시선은 김지민과 서진욱에게로 옮겨졌다. 이도해의 낯빛이 변했다.

"재 뭐야?"

시선을 느낀 김지민이 말했다. 동시에 천둥이 울리고, 몇몇 아이들이 비명을 질렀다. 이도해는 더 이상 교실 앞에 있지 않았다.

처음에 나는 서두르지 않았다. 비가 이리도 진탕 쏟아지니 어차피 이도해는 교실 근처에 있을 거라고 생각했다. 그때 나는 더 이상 내 인생에 파도는 없을 것이라고 굳게 믿고 있었다. 그래서 한가로이 어두운 복도를 거닐었다. 간간이 열려 있는 창문 사이로 빗물이 들어와 복도 바닥을 적셨다. 나는 발로 물장난을 치며 이도해가 있을 3학년 1반 교실 문을 열었다. 그러나 그곳에 이도해는 없었다.

지하 계단에도 이도해는 없었고, 옥상에도 화장실에도 이도해는 없었다. 이도해는 교내 어느 곳에도 없었다. 내가 이도해를 발견한 것은 점심시간이 거의 끝날 무렵이었다. 교실로 돌아와 사물함에서 교과서를 꺼내러 가는 길에 창밖을 보았다. 운동장 가장자리에 사람의 모습이 보였다.

이도해였다. 이도해는 마치 피뢰침처럼 서서 무언가를 기다리는 듯 하늘을 쳐다보고 있었다. 머릿속에서 강한 경고음이 울렸다. 본능이 내게 불길한 일을 예고하고 있었고, 내 감은 대체로 잘 들어맞았다. 나는 우산을 들고 급히 교실을 뛰쳐나갔다. 계단을 뛰어 내려가던 때 뇌성이 들렸다. 벼락을 맞아 타들어 가는 이도해의 모습이 머릿속에 그려졌다. 어디선가 탄 냄새가 나는 것 같았다. 달리는 속도를 높였다.

이제 1층이었다. 한 손으로는 우산을 들고 다른 손으로는 유리문을 밀었다. 거센 바람 때문에 문을 여는 행위 자체가 힘들었다. 우산은 채 펴지지 못하고 뒤집혔다. 나는 실내화도 갈아 신지 않은 채 뛰었다. 다행히 운동장에는 아직 인영이 보였다.

그렇게 내가 운동장에 도착했을 때, 또 번개가 쳤다. 근처에 떨어진 것인지 주변이 일순 대낮처럼 환해졌다. 그래서 다 보였다.

이도해의 손목 안쪽과 팔뚝의 자잘한 상처들. 상처들은 긴 소매 아래에서 곪고 있었고 상처의 각도는 기이하게도 일정했다. 마치 누가 일부러 그은 것처럼. 갑자기 이도해의 얼굴이 달리 보였다. 퀭한 눈과 움푹 들어간 뺨이 눈에 띄었다. 언젠가 서진욱에게 들었던 말이 떠올랐다. 꼭 해골 같았다는 말이.

조각조각 흩어져있던 기억의 편린들이 순식간에 하나로 이어졌다.

늘 떠나고 싶다던 이도해의 묘한 말들, 엄마에게 버려진 새끼 고양이, 상한 삼각김밥을 먹던 이도해, 아들이 있다던 주정뱅이 아줌마, 그리고 쓰레기 집에 산다는 우리 또래의 애.

우산이 떨어졌다. 발은 더 이상 앞으로 나아가지 않았다. 빗줄기가 더욱 거세게 몰아쳤다. 이제 한 치 앞도 보이지 않았다. 빗방울이 얼굴을 때리고 때리다 가느다래졌을 때 그곳에 이도해는 없었다. 처음부터 존재하지 않았던 사람처럼 흔적도 남기지 않고 사라져 버렸다.

*

시간은 속절없이 흐르고 어영부영하는 새에 방학이 와 버렸다. 어느덧 8월 말. 날이 서서히 선선해지는 걸 보니 곧 가을이 다가올 것 같았다. 방학한 지 한 달쯤 됐으려나. 길다면 길고 짧으면 짧은 한 달 동안 이도해의 소식은 완전히 끊겼다. 나는 글자가 빽빽이 쓰인 공책을 덮었다. 요즘은 소설을 한 글자도 쓰지 못했다.

이도해를 만나면 묻고 싶은 것이 있었다. 이도해는 삶이 소설과 닮았다고 했다. 자신이 어떤 이야기를 부여하는지에 따라 달라진다는 점에서. 나는 이도해가 다른 별에서 왔다고 한 이야기를 기억하고 있다. 그건 집으로 돌아갈 때마다 늘어나는 상처들을 외면하기 위해 이도해가 자신의 삶에 부여한 이야기였을까.

직접 묻고 싶었지만 나는 이도해를 찾아가지 않았다. 서진욱한테는 잘난 척 설교했으면서 정작 나는 무언가를 한다는 게 두려웠다. 벌레 같았다. 다른 누구도 아닌 나 자신이 날벌레처럼 느껴져 견딜 수가 없었다. 오늘 하루도 그렇게 무력하게 보냈다. 나는 후회와 안도 그 사이 어디쯤에서 지친 몸을 이끌고 침대로 향했다. 축 늘어진 파리의 날개 한 쌍이 바닥에 질질 끌렸다. 침대에 누우니 전등이 보였다. 환한 백색의 빛이 날 어디론가 데려갈 것만 같아서 눈을 감았다.

"아들, 밥 먹어!"

어디선가에서 엄마가 외쳤다. 위인지 아래인지 왼쪽인지 오른쪽인지. 비몽사몽 한 채로 나는 거실로 날아갔다. 그곳에는 엄마가 어깨를 들썩이며 국을 푸고 있었다. 보글보글. 가스레인지에는 된장찌개가 끓어오르고, 식탁에는 반찬 몇 접시에 김이 나는 흰쌀밥 두 공기가 놓여 있다. 거실 탁자에는 몇 년 만에 제자리를 찾은 가족사진이 놓여 있었다. 아버지와 엄마와 나, 이렇게 셋이 찍힌 사진. 엄마는 콧노래를 흥얼거렸다. 낭만과 사랑. 그런 가사가 들렸다. 간신히 밀어 놨던 생각들이 다시 머리를 가득 채웠다.

앙상하게 드러난 뼈와 다분히 의도적인 상처들, 그리고 무엇보다 그 눈. 아픔에 너무 익숙해져 버려 공허해진 눈. 왜 지금껏 눈치채지 못했을까. 나도 한때 그런 눈을 하고 있었는데.

웃음 짓던 이도해의 얼굴이 떠올랐다. 계절에 맞지 않는 낡은 긴소매, 이도해는 상처를 낭만이라고 포장했다. 하지만 그런 건 낭만이 아니었다. 낭만이 아니라 비밀이었다. 가리고 싶었던 가혹한 비밀.

나는 TV를 틀었다. 딴짓을 하면 이 이유 모를 불안감에서 벗어날 수 있을 것만 같았다. 하지만 그건 악수였다.

“어머. 저것 좀 봐. 요즘 세상 흉흉하다니까.”

TV에서는 뉴스가 흘러나오고 있었다. 한 소년이 쓰레기장에서 의식을 잃은 채 발견되어 병원으로 옮겨졌다는 내용이었다.

쓰레기 집

나는 당시 일을 거의 기억하지 못한다. 정신을 차려 보니 이미 달리고 있었다. 어디로 가는지도 모르는 채 발이 이끌리는 곳으로. 뒤를 돌아보면 거미가 나를 잡아먹으려 쫓아오고 있었다. 출입 금지, 출입 금지, 노란색 거미줄이 사방에 가득했다. 그 줄에 걸려 넘어지기도 했다. 무릎이 깨지고 피가 났다. 그래도 달렸다. 달리고 달렸다. 쓰레기장에 도착했을 때, 그곳에는 고양이가 있었다. 내가 묻어 준 고양이였다.

야옹. 고양이가 울었다. 이름이 이도해라고 했다.

아니, 아니. 넌 이도해가 아니야. 손을 들어 내 뺨을 때렸다. 아픈지 안 아픈지 모르겠다. 이것이 현실인지 꿈인지 알 수 없었다. 고개를 드니 어느새 고양이가 있던 자리에 이도해가 서 있었다.

"안율."

이도해가 나를 불렀다. 싱긋 웃고 있었다.

"오랜만이야."

이도해를 붙잡았다. 따뜻한지 차가운지 알 수 없었다.

"죽었어?"

내가 입을 열었다. 이도해는 고개를 저었다.

"글쎄."

이도해는 그렇게 말하며 웃었다. 나는 이도해가 그런 말을 하며 웃었다는 사실 자체를 믿을 수 없었다. 믿고 싶지 않았다.

"오늘은 별이 잘 보이네."

별, 별, 별. 그놈의 별. 별 같은 건 하나도 보이지 않았다. 내 시야에는 온통 이도해뿐이었다. 나는 붙잡은 소매를 더 꽉 쥐었다. 하지만 한 줌의 모래처럼 어느덧 이도해는 내게서 저만치 떨어져 있었다. 나는 허상을 붙잡고 허우적댔다.

"북극성이 어디 있는 줄 알아?"

"그까짓 게 뭐가 중요해."

"북극성을 찾으려면 주변 별자리를 이용해야 돼. 보통 북두칠성이나 카시오페이아자리를 이용해. 근데 나는 북두칠성보다 카시오페이아가 찾기 편하더라."

이도해는 경건하게 손을 하늘로 뻗었다. 그리고 어느 지점에서 멈추더니 손가락을 쭉 펼쳤다.

"W에서 한 뼘."

이도해의 엄지가 닿는 곳에 별 하나가 있었다. 그게 북극성이었다. 그토록 찾아도 찾을 수 없었던 북극성은 내가 눈치채지 못했을 뿐, 처음부터 내 눈이 닿는 곳에 있었다. 두 다리에 힘이 빠졌다. 흙먼지가 일었다. 하늘은 맑고, 별이 보였다.

"나는 저곳에서 왔어."

하얀 별, 빨간 별, 파란 별이 뱅글뱅글 돌았다. 그리고 그 가운데에 변하지 않고 존재하는 별이 있었다.

"지구는 너무 힘든 곳이었어. 삭막하고, 거칠고, 모든 것이 의미 없었어. 내가 왜 이곳에 있어야 하는지 몰랐어."

풀벌레들이 노래를 시작했다. 꽃들이 흐드러졌다. 나는 깨달았다. 이곳은 세상의 중심이었다.

"근데 이젠 알 것 같아. 별과 별 사이를 날아와 왜 이곳에 오게 되었는지."

이도해의 몸이 점차 떠올랐다. 하늘 위로 두둥실, 구름처럼.

"그건 너라는 의미를 만나기 위해서였던 거야."

하늘에서 눈부신 빛이 내려왔다. 곧은 일직선이었다. 빛은 새하얀 덩어리에서 쏘아지고 있었다. 바람이 위에서 아래로 불고 풀이 누웠다. 나는 가면 안 된다고, 데려가지 말라고 외쳤다. 아직 지구에는 의미가 남아 있다고, 나 같은 것보다 훨씬 멋진 의미가 있을 거라고, 온갖 거짓을 외쳤다.

그리고 눈을 떴다. 내 앞에는 고양이도, 이도해도 없었다.

*

타인의 불행에서 눈을 돌리는 일은 쉽다. 무감각해지면 된다. 무기력을 학습하면 아주 편리하다. 더 이상 고통을 겪지 않아도 되니까.

그런데 나는 왜 이토록 괴로운 것일까.

이후에 알게 된 사실인데 최초 신고자는 서진욱의 아버지였다. 그는 쓰레기 집에서 아무 소리도 들려오지 않는 게, 쓰레기 집의 아줌마가 더 이상 슈퍼에 나타나지 않는 게 수상했다고 말했다. 그리고 서진욱은 그 집에 '해골 같은' 아이가 있었다는 것을 경찰에 알렸다. 그런 정황만으론 할 수 있는 게 없다며 신고를 무시하던 경찰은 쓰레기장 구석에서 쓰러진 이도해를 발견하고 수사에 나섰다.

경찰은 나와 서진욱에게 이도해에 관한 일을 물었다. 우리는 가정 폭력을 입에 담았다. 경찰은 심각한 표정으로 자기들끼리 이야기를 나누더니 사건은 아저씨들이 잘 처리하겠다고 말했다. 사건. 이도해에게는 삶이었는데 경찰에겐 고작 수많은 사건 중 하나였다.

경찰서를 나서는 순간의 기분은 좀처럼 잊기 힘들다. 나는 모든 것을 털어놓고 나면 좀 더 편히 호흡할 수 있으리라 생각했다. 하지만 여전히 숨이 잘 쉬어지지 않았다. 갑자기 헛구역질이 나오기도 했다. 결국 나는 경찰서를 나선 지 얼마 되지도 않아 걸음을 멈췄다.

"……왜 도움을 청하지 않았을까."

후회, 한탄, 원망, 죄책감. 나는 홀로 중얼거렸다.

"아무도 도와주지 않을 거라는 걸 알고 있었으니까. 선생님이랑 애들도 실은 다 알고 있었어. 세상일에 관심 없는 괴짜 빼고는 다. 이 동네가 얼마나 좁고 소문이 빠른데."

서진욱도 혼잣말을 시작했다. 이건 상대 없는 말주변이었다.

"왜 아무도 도와주지 않았던 건데."

우리는 침묵했다. 질문한 나도, 질문을 받은 서진욱도. 질문에 대한 답은 사실 둘 다 이미 알고 있었다. 나 사는 것도 힘드니까. 방관자가 당사자보다는 편하니까.

"그 아줌마는 이도해한테 왜 그랬던 걸까. 가족인데."

멀리서 신호등의 녹색 불이 깜빡였다. 횡단보도 초입에는 표지판 하나가 놓여 있었다. 표지판에는 이런 문구가 적혀 있었다. 사고 많은 곳. 속도 준수.

"넌 가족에게 사랑받는 게 당연하다고 생각하냐?"

발 두 개와 목발 두 개. 도합 네 개의 발이 내 옆에 섰다.

"당하지 않은 사람은 몰라. 가족은 행복한 것이라고 믿어야 모두가 평화로우니까, 다들 쉽게 눈 감아 버리지."

빨간 불. 차들이 도로를 빠른 속도로 통과하기 시작했다.

"근데 가족이 있어서 행복한 게 아니라 불행한 경우도 있어. 세상에는 자기밖에 모르는 부모도 있다고. 그런 부모에게 자식은 그저 부산물에 불과하지. 남남인 거야. 근데 진짜 불공평한 게 뭔지 알아?"

눈앞이 뿌옇게 흐려졌다. 가을의 서늘한 밤바람에 서진욱의 혼잣말이 실려 왔다.

"자식에게 부모는 세계야. 싫어도 애정을 갈구하게 되는 세계."

서진욱은 이도해의 무언가를 이해하고 있었다. 이도해와는 말 몇 마디 나눈 적 없는 사이라고 했는데, 나는 이해하지 못했던 이도해의 중요한 무언가를 서진욱은 이미 이해하고 있었다. 내 마음 깊숙한 곳에서 사고가 났다. 심장이 얼어붙는 기분이었다.

서진욱이 다리를 질질 끌며 내 곁을 떠났다. 나는 골목 한가운데 홀로 남아서 무감각하다는 것의 의미를 생각했다. 무감각해진다는 건 스스로를 도려내는 일이었다. 내가 무감각해질 때마다 마음속 나의 작은 조각들이 잘려 나가는 것을 느꼈다. 그런 식으로 도려내고 도려내다 보면 언젠가 텅 비어 버릴 것이다. 그럼 나는 평생 행복해지지 못할 것 같았다.

*

경찰은 이도해가 아직 죽지 않았다고 했다. 하지만 이도해의 목숨이 위태롭다는 것은 의심할 여지가 없는 사실이었다. 이도해가 그렇게 된 것은 내가 이도해를 돕지 않았기 때문이다. 그러니 지금 와서 이도해를 위하는 척하는 건 위선처럼 보일 것이다. 하지만 나는 지금이라도 이도해를 진심으로 이해하고 싶었다. 그 애는 내 친구니까.

나는 기억을 더듬어 쓰레기 집이 있던 낡은 빌라로 향했다. 이미 날은 어둑했고, 거리에는 사람이 한 명도 없었다. 휴대폰이 울렸다. 아마 엄마의 전화일 것이다. 하지만 지금 전화를 받는다면 나는 따뜻함에 취해 심장이 얼어붙는 그 기분을 잊어버리고 말 것이다.

내가 발을 디디는 곳마다 아스팔트가 붉게 물드는 것 같은 착각이 들었다. 가슴이 울렁거렸다. 그럼에도 나는 한 발 한 발 지면을 꾹꾹 누르며 진실을 향해 착실하게 걸었다. 사람들은 진실보다는 자신이 믿고 싶은 것을 믿는다. 그렇기에 진실은 사람들이 가장 꺼리는 곳에 있다.

현관문을 가로막은 쓰레기 더미를 치우고 문 앞에 섰다. 문은 잠겨 있지 않았다. 집 안에 들어서니 문밖의 것은 약과라는 듯 발 디딜 곳 하나 없이 쓰레기가 가득했다. 컵라면의 스티로폼 용기, 깨진 술병, 머리카락 뭉텅이. 줄곧 이 집에서 홀로 지냈다던 이도해의 생활 쓰레기보다 그 어머니의 흔적이 많았다. 이 집은 그녀의 거대한 쓰레기장이었다. 문득 아주 슬픈 생각이 들었다. 그녀에게 이도해라는 존재는 그녀가 버린 쓰레기에 불과할지도 모른다는 생각.

TV장에는 깨진 액자가 놓여 있었다. 유리 파편에 손이 찔리지 않게 조심하며 액자를 뒤집었다. 가족사진이 있었다. 갓난아기처럼 보이는 이도해와 지금보다 주름살이 없는 아줌마. 그 옆에는 젊은 남자가 서 있었는데, 얼굴 부분이 찢겨 있었다. 아줌마가 찢어 버린 것 같았다.

내가 알 수 있는 이도해의 과거는 그것뿐이었다. 더 찾아보려고 쓰레기 사이를 헤집고 돌아다녔지만 역한 냄새만 심하게 올라오고 소득은 없었다. 발끝에 채인 검은 비닐봉지에서 무언가가 꿈틀거렸다. 바퀴벌레였다. 그것은 빠른 속도로 기어가 싱크대 아래로 숨었다.

쌀알 같은 벌레들이 모여 있는 모습을 상상하니 구역질이 나서 고개를 들었다. 창문 너머로 별이 보였다. W에서 한 뼘, 북극성이었다.

나는 별에서 시선을 떼지 못했다. 별이 아름답다는 낭만적인 이유에서 그런 것이 아니었다. 고개를 숙일 수 없었기에 별을 볼 수밖에 없었다. 아래를 보는 순간 비참한 현실을 맞닥뜨릴 것을 알기 때문이었다.

나는 찢어진 소파 위에 웅크렸다. 발 디딜 곳 없는 이 집에서 이도해가 그랬을 것처럼.

컴컴한 시야에 북극성만이 계속 어른거려서, 나는 조금이나마 내 친구를 이해할 수 있었다. 내가 이도해였어도 저 별이 나의 고향이라고 생각하고 싶을 것 같았다. 쓰레기 더미도, 징그러운 벌레도, 상처를 주는 어머니도 없는 저 별로 돌아가, 영원히 혼자가 되고 싶을 것 같았다.

실종

이도해 없이 2학기가 시작됐다. 큰 사건이 있었음에도 학교는 변함없었다. 아, 자리는 바뀌었다. 내 짝은 이제 김민우였다. 김민우는 나하고 눈만 마주치면 식은땀을 흘렸다. 내게 무슨 큰 잘못을 한 모양이었는데, 그 잘못이 서진욱의 가난을 떠벌린 것이었음을 알기까지 그리 오랜 시간이 걸리지 않았다.

김동휘는 서진욱이 퇴위한 학급에서 왕이 되었다. 애들은 이제 축구 대신 김동휘 곁에서 남의 뒷이야기와 소문을 떠들어 댔다. 저 애들은 한 번이라도 축구를 진심으로 좋아한 적 있었을까? 글쎄. 그렇다면 남의 이야기를 떠들어 대는 건 좋아서 하는 일일까? 그것도 잘 모르겠다. 최근 들어서는 이런 생각이 든다. 애들은 자기가 무엇을 좋아하는지 사실 전혀 모르고 있다는 생각. 취미든 꿈이든 그날그날 대세에 맞출 뿐인 것이다.

이도해의 가정 폭력 피해 사실에 대한 증거는 쉽사리 모였다. 보건 선생님의 증언, 이웃들의 증언, 같은 반 애들의 증언……. 증언만 해도 수십 개는 넘었다. 증거가 모이니 사건의 전말도 금세 드러났다. 들려오는 소문에 따르면 이도해가 집을 나간 이유는 아줌마 때문이었다. 아줌마는 그날 술에 취한 채 집에 들어와 이도해에게 너 같은 건 태어나지 않는 편이 좋았다고, 그냥 나가 죽으라고 소리쳤다고 했다. 그리고 이도해는 그 말을 곧이곧대로 따랐다. 집을 나가서 제대로 먹지도 못한 채 밖에서 몇 주일을 떠돌았고, 결국 급성 폐렴에 걸려 사경을 헤맸다.

경찰은 아줌마가 곧 처벌될 것이라고 말했다. 보통은 재판을 하고 처벌을 받기까지 몇 년이 걸리지만 언론에서 이도해가 당했던 일을 '쓰레기 집 아동 학대 사건'이라는 이름까지 붙여 주며 크게 떠든 탓에 수사가 가속화됐다. 학대를 알았을 선생님들, 학생들, 이웃들에 대한 지탄도 이어졌다. 그러나 나는 그 일이 마음에 들기만 하지는 않았다. 언론은 이도해가 어떤 애인지 알지도 못하면서 함부로 추측했다. 어느덧 사람들 안에서 이도해는 꿈도 희망도 노래할 줄 모르는 천하의 불쌍한 아이가 되어 있었다.

그리고 모든 사건의 중심인 이도해는 아직 깨어나지 않았다. 이도해가 입원한 지 어언 두 달. 의사는 이도해가 일단 생사의 기로를 넘겼다고 했지만, 언제 의식을 차릴지는 모른다고 했다.

엘리베이터를 탔다. 몇몇 사람들이 내 뒤를 따라 안으로 들어왔다. 한 사람은 환자복을 입고 있었고, 또 다른 한 사람은 과일 바구니를 들고 있었다. 나는 공책 한 권을 품에 안고 있었다.

병실의 문패를 훑고 미닫이문을 열었다. 6인실 병실. 나는 여섯 사람 중 가장 조용한 사람의 병상으로 향했다. 창가에서 햇살이 쏟아지는, 푸른 하늘이 가장 잘 보이는 병상이었다. 그곳에 이도해가 죽은 듯이 누워 있었다.

"북극성."

이름을 불렀다. 하지만 돌아오는 답은 없다. 이렇게 될 걸 머리로는 알고 있었다.

"소설을 다 썼어."

그래도 나는 말을 걸었다. 혹시 듣고 있을 수도 있다고 가슴으로는 믿었다. 이도해는 아주 특별한 애니까.

"아직 아무한테도 보여 주지 않았어."

믿고 있었기에 소설을 썼다. 이건 나의 동아줄이었다. 나는 품에 안고 온 공책을 작은 탁상 위에 두었다.

"그때 약속했지. 네가 내 첫 번째 독자가 되어 주겠다고."

그 말을 끝으로 나는 기다렸다. 혹시 눈꺼풀이 떨리기라도 할까, 새끼손가락이 움찔거리기라도 할까. 이도해는 미동도 없었다. 결국 나는 기다리다 지쳐 병실을 떠났다. 병원 문을 나섰을 때 내 그림자는 아주 길어져 있었다.

다음 날 아침, 경찰에게서 전화가 왔다. 경찰은 다급한 목소리로 이도해가 우리 집에 갔냐고 물었다. 참 이상한 일이었다. 이도해는 지금 병실에 있을 텐데, 눈 한 번 깜빡이지 않고 시체처럼 누워 있을 텐데.

경찰은 이도해가 병실에서 사라졌다고 했다.

나아가는 법

경찰은 결국 몇 주일이 지나도 이도해를 찾지 못했다. 내가 이도해의 병실에 놓고 온 공책 또한 어디서도 발견되지 않았다. 그래서 확신할 수 있었다. 이도해는 깨어났다. 깨어나서 내 공책을 가지고 아주 먼 곳으로 떠나 버린 것이다.

손톱을 물어뜯었다. 손끝이 축축했다. 고개를 드니 하늘이 보였다. 파란 하늘이었다. 흰 구름이 바람을 타고 흘러갔다. 이도해의 말대로 하늘은 계속 변했다. 높이도 빛깔도 조금씩 변했다. 그렇게 한참 하늘을 관찰하다가 휴대폰을 켰다. 시간은 오후 3시. 서진욱과 김지민에게서 문자 몇 통이 와 있었다. 나를 걱정하는 내용의 문자였다. 내가 오늘도 결석을 했기 때문이었다.

휴대폰을 껐다. 컴컴한 화면에 내 얼굴이 비쳤다. 어둠 속에 갇혀 있는 것 같았다. 어디로 나아가더라도 이 앞은 계속 어둠뿐일 것처럼 느껴졌다.

"어디 갔다 왔어?"

집에 들어가니 엄마가 거실에 앉아 있었다. 평소 같으면 회사에 있을 시간인데. 나는 대답 없이 빠르게 걸었다. 자리를 피하고 싶었다. 하지만 그 전에 엄마가 내 가방끈을 잡아챘고, 나는 어쩔 수 없이 오랜만에 거짓말을 했다.

"학교 갔다 왔지. 학교 말고 내가 어딜 갔다 왔겠어."

"선생님한테 연락 왔어. 너 오늘도 학교 안 나왔다고."

엄마의 이마에 깊은 골이 파였다. 내 거짓말이 너무 허술했던 탓이다.

"요즘 대체 왜 그러니? 말을 해 줘야 알지. 거짓말만 하지 말고."

엄마는 내게 솔직함을 요구했다. 하지만 내 심장을 좀먹고 있는 죄책감은 내가 입을 떼는 순간 몸집을 불릴 것이었다.

"그 친구 때문에 그러니?"

"누구."

"아직도 행방불명이라던 네 친구."

엄마의 입에서 이도해의 이름이 나왔다. 순간 목이 홧홧해지는 것을 느꼈다. 나는 더 이상 시치미를 뗄 수 없었다.

"엄마가 걔의 뭘 알아."

가방을 집어 던졌다. 놀라서 동그래진 엄마의 두 눈이 보였다. 나는 엄마를 밀치고 문밖으로 내달렸다. 내달리지 않으면 폭발할 것만 같았다. 골목길의 정경이 빠른 속도로 옆을 스쳐 지나가고, 나는 가슴속 불덩이를 토해 내기 위해 입을 벌렸다. 목구멍에서 미안하다는 말이 튀어나왔다. 하지만 그 말을 들어 줬으면 하는 상대는 이제 이곳에 없었다.

*

나는 홀로 그곳을 찾았다. 쓰레기 집. 거기 말고는 별달리 갈 곳이 없었다. 집 안에 들어서서 조심스레 쓰레기 더미를 헤집고 소파에 누웠다. 낮아진 시선 끝에 신발이 보였다. 남의 집에 신발을 신고 들어가는 것이 예의가 아님을 알고 있었지만, 오늘만큼은 이도해가 용서해 주기를 바랐다.

고개를 젖혔다. 오늘은 별이 보이지 않았다. 구름이 가득 껴 하늘 한 조각도 제대로 보이는 게 없었다. 전기가 들어오지 않는 방안은 어두웠다. 칠흑 같은 어둠 속에 있으니 이도해의 목소리가 귓전에 들리는 것만 같았다. 지구는 너무 힘든 곳이었다고. 그 말이 계속 나를 어지럽혔다.

소파에 얼굴을 파묻었다. 졸음이 밀려들어서였다. 하지만 누군가가 계속 어깨를 흔들며 나를 불렀다. 잠든 나를 깨우는 것처럼. 율아, 율아. 참다못해 나는 손을 휘둘렀다. 짝 소리가 났다.

"율아."

내쳐진 팔을 매만지고 있는 엄마의 모습이 보였다. 온 동네가 떠들썩했으니 엄마가 이 집을 알고 있는 것도 당연했다. 기분이 바닥을 쳤다. 더 이상 내려갈 바닥도 없다고 생각했는데. 나는 얼굴을 더 깊숙이 묻었다. 축축한 천 조각에서 고약한 냄새가 났다. 내가 듣는 척도 하지 않자 엄마도 더 이상 나를 부르지 않았다. 주변이 고요해졌다. 하지만 귀를 기울이면 근처에서 엄마의 숨소리가 들려왔기 때문에 나는 긴장을 풀지 않았다.

엄마가 창문을 연 듯 선선한 바람이 머리 위에서 불어오기 시작했다. 부스럭거리는 소리가 났다. 그 소리가 몇 번 더 이어지고 악취가 조금 옅어졌다. 동시에 내 심장은 요동쳤다. 불안한 예감이 적중했다.

엄마가 쓰레기 더미를 치우고 있었다. 팔을 걷어붙이고, 까만 비닐봉지 서너 개를 한꺼번에 들어 올려 현관 앞으로 가지고 가고 있었다.

"뭐 하는 거야."

볼품없이 갈라진 목소리가 흘러나왔지만 개의치 않았다. 엄마가 들고 있는 쓰레기가 이도해의 마지막 남은 흔적 같아서였다.

"치워야지."

"치우지 마."

엄마의 손을 잡았다. 이번에는 엄마가 내 손을 뿌리쳤다. 그리고 쓰레기를 계속 현관 앞으로 옮겼다.

"하지 말라고."

나는 엄마의 앞을 가로막았다. 엄마가 천천히 고개를 들었다. 어둠에 적응된 눈이 엄마의 표정을 읽어 냈다. 엄마는 쓰레기를 내려놓고 눈을 비비고 있었다.

"네 아빠가 죽고 우리 둘만 남았을 때 말이야."

엄마의 눈시울이 붉었다. 엄마의 손을 적신 액체가 눈물인지 아니면 쓰레기에서 흘러나온 오물인지 알 수 없었다.

"솔직히 엄마는 포기하고 싶었어."

엄마는 늘 아버지에 대한 이야기를 금기시하던 사람이었고, 나약함을 혐오하던 사람이었다. 그런데 엄마는 지금 나에게 자신의 나약함을 드러내고 있었다. 나는 손끝 하나 움직일 수 없었다.

"삶이 고난의 연속 같았어. 힘든 일을 어떻게든 버텨 내고 나면 또 다른 힘든 일이 생겼거든. 가끔은 죽고 싶다고 생각할 정도로."

얼굴 근육이 감전된 것처럼 요동쳤다. 나는 몸서리쳤다. 엄마도 아버지나 이도해처럼 나를 두고 사라져 버릴까 봐.

"하지만 봐."

엄마의 뺨에 깊이 보조개가 파였다.

"엄마는 전부 이겨 내고 지금 여기 네 옆에 있어. 하도 잘 먹어서 전보다 뚱뚱해져 버리기까지 했어."

엄마가 울면서 웃었다.

"지금은 이런 생각이 들어. 삶은 고난의 연속이 아니라 극복의 연속이라고. 우리는 극복하며 살아가는 거야. 그 끝에 기다리고 있을 더 멋진 나를 위해. 그러니까 포기하면 안 돼. 포기하면 아무것도 변하지 않아."

엄마가 다시 쓰레기 봉지를 들어 올렸다. 구겨졌던 비닐이 펴지는 소리가 파도 소리와 닮았다. 파도. 그건 내 삶에만 밀려드는 것이 아니었다. 엄마의 삶에도 늘 밀려드는 것이었다.

"너도 멈춰 있기보다는 나아가렴. 네가 그 친구를 찾을 수 없다면 그 친구가 너를 찾을 수 있게 해. 누구나 널 알아볼 수 있도록 훌륭한 사람이 되는 거야."

"……걔는 나아가지 못하면?"

"다시 나아갈 수 있도록 마음이 쉴 곳을 만들어 줘야지. 그게 어른이 해야 하는 일이야."

엄마가 현관문을 열며 읊조렸다. 아주 작은 소리였지만 나는 그 소리에 담긴 무게를 읽어 낼 수 있었다. 그렇게 무거운 것을 짊어진 엄마는 강했다. 강하다는 건 누군가를 이용하고 이득을 취하거나 무감각해지는 것이 아니었다. 진정으로 강한 것은 그럼에도 나아가고 살아가는 것이었다.

새로운 바람이 불었다. 방 안을 꽉 메우고 있던 텁텁한 공기가 순식간에 빠져나갔다. 엄마와 나는 쓰레기 봉지를 들고 계단을 내려갔다. 그리고 녹색 쓰레기통에 봉지를 집어 던졌다. 무감각했던 과거의 나 자신도 함께.

졸업식

사박사박. 눈밭이 된 길거리에 발자국이 찍혔다. 숨을 내쉬면 공기 중에 뽀얀 김이 피어올랐다. 오늘은 중학교 졸업식 날이었다. 졸업자 명단에 이도해의 이름은 없었다. 출석 일수가 부족했기 때문이었다. 나는 이도해를 두고 졸업하게 되었다.

아줌마의 형은 어제 확정되었다. 이도해가 성인이 될 때까지도 아줌마는 감옥에 있어야 했다. 아줌마는 재판 도중 검사의 말에 한 번도 반박하지 않았고, 재판이 끝나고도 항소하지 않았다. 사건은 그대로 종결되었고, 언론이 '쓰레기 집 아동 학대 사건'을 입에 올리는 일도 더는 없었다. 아줌마는 왜 가만히 있었을까. 몇몇 사람들은 아줌마가 양심의 가책을 느꼈기 때문일 거라 추측했다. 하지만 그건 사람들의 희망 사항일 뿐이었다.

선고 기일, 공판정에서였다. 판사가 죄목을 읽을 때 하품을 하던 아줌마와 눈이 마주쳤다. 그때 본 아줌마의 툭 도드라진 안구와 새카만 동공을 잊을 수 없다. 아줌마의 마음은 텅 비어 있었다. 말 그대로 아무것도 없었다. 재판장도, 이도해도, 아줌마 자신조차도. 아줌마에게는 감옥에 가는 것조차 별로 중요한 일이 아니었다. 그래서 항소도 하지 않은 것이었다. 아줌마는 완벽하게 무감각한 사람이었다. 어쩌면 그게 내 미래였을지도 모른다.

시린 바람이 불었다. 힘들게 손에 넣은 중학교 졸업장은 바람 한 번에 날아가 버렸다. 나는 구태여 그걸 쫓아가서 잡지 않았다.

"아들, 날아가면 잡아야지 왜 가만히 내버려 둬."

엄마 손에 날아가 버린 내 졸업장이 들려 있었다. 아주 멀리 날아가 버리지, 그러지도 못하고 어느새 붙잡혀 있었다.

"마지막으로 엄마랑 교문에서 한 번 사진 찍자. 진욱아, 우리 사진 좀 찍어 줄래?"

"카메라 주세요."

엄마는 뭐가 그리 즐거운지 잇몸이 보이게 활짝 웃었다. 아들, 카메라 봐! 빨리! 엄마가 소리치자 플래시가 터졌다. 두 팔을 몸통에 딱 붙이고 서서 희미하게 웃음 짓는 내 모습이 카메라에 찍혀 있었다. 우스꽝스러웠다. 하지만 엄마는 그런 이상한 자세도 괜찮은지 연신 사진을 들여다보았다.

"왜 이렇게 딱딱하게 서 있어. 목각 인형도 아니고. 그래도 이거랑 이거는 잘 나왔네. 인화해 둬야겠다."

엄마는 카메라를 들여다보며 걸었다. 나는 엄마를 따라 다리를 앞으로 움직였다. 하지만 시선은 자꾸 뒤를 향했다. 교문이 점점 멀어져 갔다. 중학교 생활이 영화처럼 머릿속을 스쳐 지나갔다. 속이 시원하면서도 황량했다.

무감각한 나 자신을 버린 이후 감정은 더 풍부하고 깊게 다가왔다. 하나의 감정이 온몸을 적실 때도 있었고, 지금처럼 여러 감정이 동시에 드는 경우도 있었다. 기쁜데 슬프고, 좋은데 싫은 모순적인 마음. 감정은 일상적으로 내 안에서 소용돌이쳤다. 그 소용돌이에 몸을 맡기고 나 자신을 돌아볼 때, 하나의 세계를 발견할 수 있었다. 나만의 세계, 안율의 세계였다. 그 세계는 우주와 닮았다. 어둡고 깊었지만 반짝거렸다.

“엄마가 오늘 저녁은 고기 사 줄게. 진욱이랑 지민이도 부르자. 셋이 친하잖아. 고등학교도 같이 가게 됐고. 잘됐어, 잘됐어.”

“됐어. 걔네는 자기들이 알아서 먹겠지.”

“아들! 기쁨은 나눌수록 좋은 거야.”

콧노래를 흥얼거리며 나아가는 엄마의 뒷모습을 바라보았다. 또각또각 울리는 구두 소리가 경쾌했다. 나를 사랑해 주는 사람이 있고, 내가 돌아갈 곳이 있다는 것은 아주 행복한 일이다. 그러나 그 행복이 평등하지 않다는 것은 아주 불행한 일이다.

엄마와 나는 매일 저녁이 되면 쓰레기 봉지와 빗자루, 대걸레를 들고 쓰레기 집으로 향했다. 일을 마치고 돌아온 엄마는 가끔 힘에 부쳐 보일 때도 있었지만 그럼에도 청소를 거르는 날은 없었다. 엄마는 그것이 엄마의 죗값을 치르기 위함이라고 말했다. 엄마가 인간답지 못했던 죗값이라고. '인간답다'라는 것은 엄마가 삶의 이정표로 삼는 것이었음을, 현실적이라기보다는 이상적인 것이었음을 나는 뒤늦게 이해했다.

쉬는 날에 엄마는 나와 같이 이도해의 실종 전단지를 돌리기도 했다. 서진욱도 그 일을 도와주었는데, 슈퍼에 가면 세일 광고지 옆에 이도해의 얼굴이 큼지막하게 붙어 있었다. 서진욱은 자기 아버지가 실종 전단지를 슈퍼 벽면에 붙이는 걸 허락해 주었다고 했다. 서진욱은 여전히 아저씨를 썩 좋아하진 않았지만, 그래도 요즘엔 간간이 대화를 하는 것 같았다. 긴 대화는 아니었다. 학교 잘 다녀왔냐, 친구들과는 잘 지내고 있냐, 밥은 뭐 먹고 싶냐……. 그런 일상적인 대화였다.

나와 엄마가 실종 전단지를 돌릴 때, 대다수의 사람들은 우리가 좋은 일을 한다며 칭찬했다. 그러나 그것이 무의미하다고 말하는 사람도 있었다. 쓰레기 집의 옆집에 사는 할아버지는 우리가 '헛짓거리'를 하고 있다고도 말했다.

하지만 의미는 타인이 아니라 자신이 만들어 가는 것이다. 나는 아무것도 하지 않고 그저 슬퍼하기보다 나아가기를 선택했다. 그러니까 나는 북극성이 되기로 했다. 북극성은 길잡이별. 비록 가장 밝고 큰 별은 아니어도 누구나 찾을 수 있는 별이니까. 그럼 이도해도 언젠간 나를 찾을 수 있을 터였다.

숨을 크게 들이마셨다. 겨울날의 차갑고 맑은 공기가 머리를 띵하게 만들었다. 콧구멍이 아렸다. 숨을 쉬는 일은 살아 있다는 실감을 하는 일이었다. 싸늘한 바깥에 대비되는 따뜻한 몸뚱어리를 느꼈다. 뽀얀 입김이 피어올랐다. 굴뚝에 연기가 나는 것 같았다. 엄마가 루돌프 같은 빨간 코를 하고 말했다.

"춥네."

엄마의 코에서 콧물이 흘러내렸다. 엄마가 손으로 인중 언저리를 벅벅 닦다가 배시시 웃었다.

"그래도 곧 봄이 올 거야."

엄마가 보도블록 사이에서 돋아나는 새싹을 가리켰다. 푸른 것이 영하의 날씨를 견디고 고개를 내밀고 있었다. 봄은 반드시 올 것이었다.

에필로그

집으로 돌아오는 길 고개를 들어 보았다. 보도블록도 하늘도 아니고, 똑바로 앞을 바라보았다. 사람들의 얼굴이 보였고, 눈이 보였다. 타인의 눈은 늘 내게 심연이었다. 바라보면 깊은 구덩이 속으로 떨어져 다시는 올라오지 못할 것 같은 기분이 들었다. 하지만 나는 심연을 들여다보았고, 끝내 깨닫게 되었다. 나 또한 누군가에게는 심연이었음을.

심연과 심연을 부딪치는 일은 완전히 다른 두 세계가 서로 충돌하는 일과 같았다. 그 충돌은 큰 상처를 남기기도 했지만, 때로는 아름다운 것을 전해 주기도 했다. 이를테면, 변화 같은 거.

강당에서 졸업식이 진행되던 때, 서진욱은 자기 아버지가 준 꽃다발을 들고 내게 다가와 이렇게 말했다. 이런 감격스러운 날에 눈물 한 방울 안 흘리는 싸가지라고. 하지만 서진욱의 험한 말은 이제 적대감을 담고 있지 않았다. 오히려 그것은 서진욱이 내게 친근감을 표현하는 방식이었다. 나는 여유롭게 받아치는 법을 배웠고, 서진욱은 내게 변했다고 말했다.

"안율, 너 좀 변한 거 알아?"

"어디가?"

"눈. 눈빛이 아주 재수 없어졌어."

눈빛? 내가 되묻자 서진욱은 내가 요즘 대화할 때 발이 아니라 눈을 본다고 말했다.

정말 그랬다. 서진욱의 눈동자가 내 시야의 가운데에 있었다. 검은색인 줄 알았던 서진욱의 눈동자는 실은 옅은 갈색이었다. 햇빛을 받으면 진한 노란색처럼 보이기도 했다.

내가 언제부터 사람의 눈을 편하게 보기 시작했더라. 기억을 되짚어 봐도 명확히 떠오르지 않았다. 오랫동안 고쳐지지 않았던 습관이 의식하지 못하는 사이에 서서히, 자연스럽게 허물어져 버린 것이었다.

나는 이제 내 발목을 묶고 있던 것이 무엇인지 확실히 알 수 있었다. 쇠사슬이 아니라 새끼줄이었다. 그리고 나는 더 이상 아기 코끼리가 아니었다.

나는 변했고, 성장했다.

엄마에게 다가가 손을 뻗었다. 굳은살이 박인 손끝이 만져졌다. 내가 먼저 손을 잡은 게 얼마 만이더라. 엄마도 조금 당황한 기색이었다. 엄마의 입에서 '어머.'라는 소리가 작게 흘러나왔다. 하지만 엄마는 곧 함박웃음을 머금고 내 머리를 쓰다듬었다. 그 손길에는 커다란 애정이 있었다.

중학교의 마지막 하굣길은 겨울임에도 따뜻했다. 걷다 보니 금세 벚나무가 서 있는 우리 집이 보였다. 나는 그대로 집에 들어가려다가 우편함 앞에서 멈췄다.

우편함 안에 무언가가 들어 있었다. 네모나고 단단한 것이었는데, 색이 눈에 익었다. 엄마가 내게 뭐냐고 물었다. 나는 엄마에게 대답하는 것조차 잊고 그것을 향해 달려들었다.

공책이었다. 내가 이도해의 병실에 두고 온 공책. 이도해가 사라진 날 함께 사라진 바로 그 공책이었다.

급히 공책을 펼쳐 보았다. 문득 내가 쓴 것이 아닌 문장 하나가 눈에 들어왔다. 나는 큰 소리로 웃었다. 가슴이 절로 들썩거렸다.

그럼에도 새는 또다시 날아 보기로 했다.

이도해가 우리 집에 왔었다. 그리고 떠나 버렸다. 이제 두 번 다시 이도해를 만날 수 없을지도 모른다. 이도해가 나에게 마지막 인사를 전하러 온 것이었다면 더더욱. 하지만 이도해는 북극성으로 떠나지 않았다. 이도해는 지구에서 나아가는 길을 선택했다. 살아가기로 한 것이었다.

그걸로 충분했다.

인간은 나약하다. 너무 쉽게 부서지고 무너진다. 타인의 시선을 두려워하고 자신을 숨기며 끊임없이 상처를 입는다. 하지만 그렇게 부서지고 무너지면서 강인해진다. 모순적이었다.

모순적이기에 인간은, 삶은 매력적인 것이었다.

작가의 말

타인은 어렵다. 해독할 수 없는 암호문과 같다.

어릴 적에도 그리 느꼈고 성인이 된 지금도 마찬가지다. 학창 시절부터 수학이니 영어니 하는 것들보다도 인간관계가 더 어려웠다. 나이가 들면 좀 나아질 줄 알았는데, 그렇지도 않다. 여전히 타인은 미지의 영역이다. 상대방이 어떤 것을 좋아하는지, 싫어하는지, 나를 보며 어떤 생각을 하는지 알지 못해서 늘 촉각을 곤두세운다. 위험은 감수하지 않으면서도 가급적 좋은 사람으로 남고 싶기 때문이다. 좋은 인상을 위해서는 솔직한 진심보다는 겉치레가 낫다. 진심을 내보이는 건 위험하다. 상처받을지도 모르니까. 한땐 그리 생각했다. 사실 지금도 조금은 그리 생각한다. 작중 초반부의 율과 닮았다.

어쩌면 닮은 것이 당연한 일일 것이다. 나는 아직 미숙한 사람이어서 나와 완전히 다른 것보다는 닮은 것을 끄집어내는 것이 편하니. 그런 점에서 이 소설은 반쯤 나의 이야기이다. 어쩌면 당신의 이야기일지도 모른다.

이 소설은 타인을 바라보는 이야기이다. 율의 시선은 점점 위로 올라간다. 땅바닥에서 하늘까지. 그리고 다시 조금 내려간다. 최종적으로 율의 시선이 닿는 곳은 눈이다. 타인의 눈.

다른 사람을 이해하는 일은 정말이지 힘들다. 하지만 역설적이게도 누군가 자신을 이해해 주기를 바란다. 특히 청소년기에는 더욱 그렇다. 아이와 어른, 그 중간 어디쯤에서 수그린 채로 누군가의 손길을 기다린다. 하지만 그 손길은 영영 찾아오지 않을지도 모른다.

이 소설을 집필할 당시 나도 그랬다. 이루 말할 수 없이 힘든 일들이 겹겹이 벌어졌다. 아무도 나를 이해하지 못할 것이라고 생각했다. 그래서 나는 펜을 들었다. 글을 쓰는 일은 내겐 발버둥 치는 일과 같았다. 나라는 사람의 흔적을 남겨 보고자 하는 발버둥. 그렇게 홀로 글을 쓰면서 깨달은 것이 있다. 사람은 모두 각자만의 세계를 가지고 있다는 것. 전혀 다른 환경에서 전혀 다른 성정을 가지고 살아가는 사람들이 서로를 완전히 이해하는 일은 불가능에 가깝다. 하지만 그렇게 부딪치고 깨지면서 사람은 성장한다. 변화는 그럴 때 찾아온다.

소설을 쓰면서 많은 것이 변했다. 그중에서 제일 많이 변한 것은 나의 마음가짐이다. 율의 성장을 써 내려가면서 나도 함께 성장했다. 조금 더 자신감을 갖고 살게 되었다.

그 변화의 기회를 주신 창비청소년문학상 심사위원분들과 청소년심사단께 정말 감사드린다. 부족한 점이 많은 글을, 서투른 나의 손을 힘껏 잡아 주신 분들이다. 항상 섬세하게 작품을 살펴 주시고 격려의 말씀을 아끼지 않으시던 김도연 편집자님, 김영선 편집자님과 편집부에도 감사 인사를 전하고 싶다. 덕분에 무사히 이 소설을 여러분께 보여드릴 수 있었다.

마지막으로 이 글을 읽어 주신 여러분. 여러분이 계시기에 이 소설은 의미를 가진다. 이 글도 여러분께 작은 의미가 되기를 바란다.

2024년 봄

김민서

창비청소년문학 125
율의 시선

초판 1쇄 발행 | 2024년 4월 26일
초판 8쇄 발행 | 2024년 10월 25일

지은이 | 김민서
펴낸이 | 염종선
책임편집 | 김도연 구본슬
조판 | 신혜원
펴낸곳 | (주)창비
등록 | 1986년 8월 5일 제85호
주소 | 10881 경기도 파주시 회동길 184
전화 | 031-955-3333
팩스 | 영업 031-955-3399 편집 031-955-3400
홈페이지 | www.changbi.com
전자우편 | ya@changbi.com

ISBN 978-89-364-5725-9 43810